闲居浅吟

闵 强 著

同济大学 出版社
TONGJI UNIVERSITY PRESS
·上海·

内容提要

本书是20世纪60年代毕业于同济大学的老工程师闵强退休后的“幸龄诗话”。诗文涵盖人生感悟，诗友唱和，旅游抒怀，寄望后辈。尽管严谨符合格律的作品也许不多，但都是真情流露，一如明代诗人袁宏道倡导的“独抒性灵，不拘格套”。特别是作者捕捉旅途及生活中点点滴滴的心动，读来颇有意境，希望能给诗文爱好者带来快乐。

图书在版编目（CIP）数据

闲居浅吟 / 闵强著 . -- 上海：同济大学出版社，2024. 12. -- ISBN 978-7-5765-1441-4

Ⅰ. I227

中国国家版本馆 CIP 数据核字第 2024P3X842 号

闲居浅吟

闵　强　著

责任编辑：姚烨铭　　责任校对：徐春莲　　封面设计：张　微

出版发行：同济大学出版社　www.tongjipress.com.cn
（地址：上海市四平路 1239 号　邮编：200092　电话：021-65985622）
经　　销：全国各地新华书店
印　　刷：启东市人民印刷有限公司
开　　本：710mm × 1000mm　1/16
印　　张：13.25
字　　数：210 000
版　　次：2024 年 12 月第 1 版
印　　次：2024 年 12 月第 1 次印刷
书　　号：ISBN 978-7-5765-1441-4
定　　价：78.00 元

序

采采流水汩汩出

——读《闲居浅吟》有感

我与闵强先生的认识，是源于同济大学土木工程学院两位院士要写其导师朱伯龙的传记。然后在上海青年会馆见面，相谈甚欢，前后约有三个小时，仍感意犹未尽，接着他又说有新的书稿要出版，正是我刚拜读的这部《闲居浅吟》。说实话，读闵先生的诗有遥襟甫畅、逸兴遄飞之感。《诗》言志，对于作者而言，诗可以是一切的，甜酸苦辣咸、油盐酱醋茶，当然还有心中的远方，尽可汇于一炉，任他天青与海蓝、青梅煮酒与桥下春波。

原本打算略一阅览，撰数行以敷一面之情，谁知沉浸其中，难以自拔。我被他拈须弄鬓、月下独吟的气韵深深打动；我因他搜肠刮肚、不弃不舍的执着而莞尔。理工男一旦发了诗情，便大有“老夫聊发少年狂”的执念和狠劲儿，直拼得风花雪月、电闪雷鸣、小桥流水人家、大漠烽烟长河悉数入了诗画，终赢得蓬蓬远春、流莺比邻，一片灿烂云霞。

要写好格律诗示人，诚非易事。格律诗文非我所长，平仄韵脚在青青子衿时学过一点，早已还给老师了，因此让我来评说有点儿赶鸭子上架。但浸淫文史一辈子，关于律诗的布局严谨，平仄起伏，含蓄委婉，意在言外，那让人思而得之的韵味，依稀还是能体味一点的，故不揣愚陋，撰陋语、为村言，聊供一哂。

《闲居浅吟》收录了作者的诗作152首，分为诗情悠悠、洪都忆旧、京沪把酒、鸿雁传书、五湖访友、天伦乐享、行吟记游七章。内容涉及的基本都是同窗聚首、老师恩眷、良师益友，旅游抒怀、舐犊情深、感喟人生者，其间氤氲着海风碧云，夜渚月明；月出东斗，好风相从；白云初晴，幽鸟相逐之情味，作者尽情地挥洒着、驰骋着，鸣啭着行神如空、行气如虹、巫峡千寻、走云连风之缱绻胸臆。诗歌涉及面颇为广泛。

苏赣粤闽浪迹，职守已尽心力。断无亏心是非，何须伪标真绩。

千帆过尽大江，怨恨情仇淡忘。得之怡然知足，失之泰然戒慌。

读《鹭岛六章》，我知道了作者奉调鹭岛至今已三十年，其间得失悉付坦然的寥廓旷达，非个中人难会其况味尔。

作者对其师朱伯龙教授顶礼有加，因为他曾在攀登科学技术高峰的征程中，有过孤寂彷徨。在最需要支持的时候，朱老师独具慧眼，识得其结构创新的价值，正音堂堂地支持他的"薄壳猜想"[1]。他为朱老师在"5·12"特大地震发生前一个月离世而深感创痛，因为朱先生就是抗震、结构方面的著名专家，并开辟了多个崭新的研究方向。因此作者在《悼朱伯龙大师》中诗言：

泰斗升天学子哀，祈愿人寰无震灾。务真求实巨匠在，结构创新盖世才。

烈士暮年击玉壶，襟袍宏论略初开。伯龙天下谁不识，舍我其谁凭公裁。

大学青春勃发，文娱生活丰富。作者说，我进了体操队，组织便不同意我进文工团，但我喜欢歌唱。他说，60年前（1964年）的除夕，已从同济建筑系作为特殊人才调入上海歌剧院的朱逢博，来同济为亚非留学生等献唱。一曲《北风吹》，夜莺般的歌声绕梁遏云，听得全场师生如乘寥寥长风，振振于太清之穹，正沉醉，"霎时间，天昏地又暗……爹爹啊，爹爹，你死得惨……"高亢尖亮的嚎啕呼天抢地、声震屋瓦，刹那间驰魂宕魄、大风卷水，浩然弥哀。

作者说，那年联欢会，情景早已淡然，唯有朱逢博的独唱，时时盘桓于心，"转换自如的台风，突如其来的悲歌反差至巨，让大家为之震撼，甚至有人潸然泪下"。因此，作者在2017年同济110周年校庆时作《初闻此曲——回忆朱逢博歌唱家演唱〈白毛女〉片段感怀》：

风华绝代登歌台，学子初闻此曲开。悲喜转换听惊雷，五十年后眼前来。

38年前，由作者操办的一张同济江西校友会会议合影，"读照重见前排入坐20世纪三四十年代毕业的老校友会长群体，由然想到同济大学曾在抗日战争期间先后转移到江西赣州等地，历经千难万险，最后立足四川李庄，艰苦卓绝办学，感慨系之，遂跃然命笔，作七言诗'咏同舟共济'以释怀。

乱世迁徙李庄通，驻足赣州思无穷。苦难辉煌罩云雾，文理齐科送春风。

独树一帜纷离乱，土木曾经五洲红。又闻春雷震天地，同舟共济涛浪中。"

闵先生说："抗日战争全面爆发，同济大学举校迁徙。同济师生为爱国护

1　后来，闵先生将这段经历写进《薄壳猜想记》，2023年由同济大学出版社出版。

校积蓄力量，与中华民族共危亡，历时八年凄风苦雨、艰苦卓绝，和当年西南联合大学（清华大学、北京大学、南开大学）、中央研究院等机构向大后方转移一样，是中国抗日救亡教育史和科技史上的一件大事。”留得种子在，当告后来人，于是作歌以讴之。

除了大学师友，集子里出现频次极高的还有中学甚至小学师友。他很是为自己的母校南昌五中自豪：“甲子轮回说从头，一炮打响美名扬。”诗的注解说，一炮打响，指1957年江西全省40名清华大学招生名额，江西省一高中（南昌五中前身）仅一个学校竟考取21名。此外，考取北京大学11名，以及上海交通大学、复旦大学、同济大学、中山大学和武汉大学等。作者说：“其势如钱塘江的潮水，对南昌五中后生鼓励至巨。”一朝看尽长安花的心情溢于言表。平心而论，这样的“收成”，即使在今天也是非常令人震惊的。

读万卷书，行万里路。闵先生虽已古稀，却大有效法徐霞客旅行之志，且行、且记、且吟。

“我们在昆仑山与天山交汇处”“新疆之行明日结束，仰叹于西极国疆之山门难攀，惊艳于白沙湖水的极致蔚蓝。”……就在我拜读《闲居浅吟》时，闵先生又说，偕妻赴喀什看南疆大美去了。

那些年，他们自驾去山西，看自省堂、定襄都督府、五台山、大同“古城”，作者自称很多历史知识虽习之于心，一旦身历其境，便觉恍然大悟。有诗为证：

千年石窟腹中空，山堂水殿气势宏。彩绘巨佛骇世俗，奇迹存世云冈中。

作者的游记叙事诗“晋游行吟”引来和诗一片片，林家良有诗言“但闻读书万卷，怎抵万里行吟”。诗集中，从神州各地到海外各国，他们饱览祖国大好河山及异国风情，所历皆有诗作，循之就可历数所游之地，作者说有50多个国家吧。

写聚会，作者指天画地、谈笑乾坤任俯仰。

年少青丝霜染鬓，相拥时刻细端详。安知人世旅途苦，谈笑风生神采扬。

铅华洗净人易老，如今只为识君面，世事纷繁烟云过，童年负笈长相忆。

江湖烟雨蓑衣踏浪，归来已是两鬓尽白，可是，作者唯有笑颜如菊，语不涉难以对。他说：

霜鬓白发弘毅在，古稀耄耋皆传奇。莫言枫红年华尽，把盏寥廓客未稀。

其间的乐观与旷达，足为后人范尔。

他在德化避暑，一日，发小忽然寄来60年前的二人合影。您遇到过这样的事情没有？作者的发小梅林江，一张稚气满满的黑白照片，让他瞬间想起“甲子轮回一幕幕，万寿宫宅涂鸦忙”，作者说，我们二人读小学时常去万寿宫宅屋做作业或图画玩耍。收到这张小照片：

一石激起千层浪，一照催我聚会忙。热泪相拥重识君，六十年后乐夕阳。

设想一下，您遇到这样的情况，有何反应？

那时，作者已年过古稀，诗句中的种种怡悦欢欣，你读了是否也想手之舞之，足之蹈之？！

诚然，作者对大兴土木、复古重建并没有趋炎附会，他在诗文中直言其为“假古董”，《南昌万寿宫》诗言：“古风犹存繁华尽，疑似西晋假古董。”他特意配一张1966年前的老万寿宫民间朝拜的图画，因为那时的他经常放学就在宫里玩耍。老人眼里难容沙，真假是非判云泥。

读诗集，我知道了他上大学的第二年去了东海舰队，茫茫海上航行之时，老家遭遇祝融之灾，他的两位高中至交，“在父母不知情的状况下，节衣缩食赞助了一笔可观的生活费用助笔者渡过难关”。

春风一家桃李杏，岁寒三友梅竹松。年少曾遭祝融灾，涌泉相报愧无功。

孤帆远影楚天舒，江岸举头龟蛇峰。重镇鼎立通衢在，鹭岛思君情愈浓。

还知道那年罕遇的台风“莫兰蒂”让厦门损失惨重，作者为之撰《沁园春·战台风》，充满了对军民顽强奋战的点赞：

中秋台风，千里海潮，万里呼啸。眺鹭岛内外，骤雨狂飙。群树倒拔，电网全消。天地惨戚，广厦动摇，疑似玄黄末日祭。旭日升，看官兵神勇，险存灾消。

还有“感天人合一，否极泰来”“爱拼方为潮”（依稀“爱拼才会赢”）的价值取向。设想一下，你遇到这个后来被除名的台风会作何反应，作者选择了吟唱！

还有，他写好了一篇文章，意犹未尽，还要来首诗，《撰文“难忘两师话甘霖”搁笔》说：

师恩难忘情意浓，甘霖雨露久旱中。百川归海聚泓沛，今朝立变观鱼龙。

跌宕起伏坎坷路，唯愿桃李别样红。待到学子御风寒，方知春蚕是英雄。

作者在诗集中，还有数量可观的聚会诗。“聚会前，保林在家突感腰脊不适，子荣闻讯赶来手到病除，聚会照常进行”，作者诗兴大发：

人称君子黄花梨，又闻良木染微疾。骨科泰斗妙手来，立竿见影笑梦里。

也有记录三年困难时期饿肚子的，诗言：

面带菜色攻书山，手抚瘦骨破难题。

众说一词赞青松，断炊多日有饿功。语出惊人豪横在，饥寒苦读真英雄。

面带菜色，依然解题不止。作者说，南昌五中高中同窗唐国祥，1961年大饥荒时期，他曾因饥饿难忍20天吃光30天的饭票，导致连续10天粒米不进忍饥挨饿。坚持艰苦求学，直至高中毕业。

此情此景，今日的年轻人似难以共情，但在那个一两黄金难换一两米的年代，饿10天是什么感觉？！科学研究表明，人不吃饭能存活一两周，也就是说，唐同学将之发扬到了极致，还要每天听课学习，这是一种什么样的精气神？！

当然还有舐犊之情，夫妻共挽鹿车、比翼连枝者。他对晚辈小儿《小荷初露》大加赞赏：

家有少女初长成，娉婷玉立奏鸣声。童声只应天真贵，令尊先醉养育情。

而且是海峡对岸的儿童合奏妙曲！类似讴歌童稚的吟唱还有很多。

对相濡以沫历经风雨的夫人，为孙辈远行大洋彼岸，重操针线女红，作者也能诗情悠悠即兴《围巾吟》：

有妪不计苦，针线翩翩舞。久坐密密缝，临阵闻擂鼓。浪险洋面宽，祈福平安路。抚巾如面晤，慈爱心永驻！

唯有历经劫波，方能生如此情愫。

夫人大病一场，京城一住就是半年，一旦康复如初得解，作者也放声吟唱鼓励人生《挥手来——为文芹春游题照》：

劫后余生挥手来，嫣然一笑炫康泰。相濡以沫岁月稠，何惧悬索脚下踩。

其间散发的晴雪满竹、杨柳池台、乐观高扬之气韵，足供世人体味也。

看到的、听到的、经历的，都能入诗。他写钓鱼，也能让读者感悟到顺势而为的行事做人之道：

初闻寒钓大黑鲩，翻腾发飙怎上岸。得来全凭真功夫，顺势而为终圆满。平湖撒钩观动静，诱饵微震有戏看。定睛方知尤物来，咬钩慢拖劲可撼。

你是否看到了这幅人鱼大战的奇妙画面？而且，钓鱼（海钓）诗还不止一首。

历经世事桑的一对老友伉俪正在晨练，你能为诗否？作者能。他对着照片写下七律《相映红》：

妪翁太极映相红，观海听涛两峻崧。老骥路遥堪胜力，寿者为王识英雄。

静宁恬淡观云蔼，少小回眸望远穹。壁立曾为千万仞，清流得意自然中。

写的是定居海口的同济校友晨练，不服不行！

《夜访友人》说的则是一次别样经历，他说：

才抵虹桥未洗尘，跨江访君夜叩门。寻得日月豪庭在，苍颜共话同济情。

然后自然是夜话不已，兴会未央。读此诗，我莞尔：古稀老翁仍少年！

说大实话，作者的诗，产量虽颇丰，多为口占即兴而成。虽然意象很是生动洒脱，感悟亦见哲理。若以诗词格律衡而量之，则架构略显拼凑，遣词用字不合辙、自造者亦有之。因为他是理工男。我是标准的文史哲专门生，尚且不敢为律诗绝句，若以平仄阴阳苛责他，颇欠厚道矣。

纵观全书，诗集《闲居浅吟》中流露出的五分平实、三分疏野、二分清奇，还有须仔细体味方能觉察的诙谐和滑稽，它以或自然、或劲健、或素朴，甚或高古的语气流出，让我一次次想起乐府诗，想起了“采菊东篱下”的陶渊明，记起了《徐霞客游记》的“不与众山同一色，敢于平地拔千仞”（《游记》首篇《游天台山日记》），有时还能隐约体味到贾岛“僧敲月下门”的况味来。

作者澎湃流淌的诗情，汩汩汤汤，如歌如画。我很惊奇，一位曾经因创新设计出大型薄壳贮仓，而独自获得省科技进步奖的“工程郎”，竟诗情悠悠得如此的清奇旷达、冲淡而落拓！

如《凤凰山庄》：

姹紫嫣红迎蝴蝶，林间采风取景忙。苍翠静谧伫立间，巨石镌名压邪障。

时人难识其中味，只缘安居熟视常。昨夜小楼淅沥雨，晨读丹阳来华章。

如《端午》：

龙年端午别晚春，脊节滑伤痛无声。千里江陵思念远，篔筜顾影自怜人。

失香粽叶浅尝酒，听雨观云静品茗。有恙飘远青山在，承欢膝下总关情。

诗集中还有其品种，如藏头诗、唱和诗，让我印象深刻的是咏腊梅。众所周知，梅花对于中国人、中国文化人意味着什么。

时间：2015年11月，地点：北京。作者一念即起，邀请刘大椿等六位良师益友同龄人来“踏雪寻梅”。事后即伏案写下《踏雪寻梅记（古风叙事诗）》：

睡眼惺忪观人海，千株万朵梨花开。日前锦书邀五君，一夜鹅毛纷飞来。

原来，作者“寻梅”是拟而为之，还放言：

踏雪缘聚为哪般，寻梅何惧冰雪盖。

正所谓一念陡然生，便作鲜衣怒马少年行。《腊梅遐想》是为“武心莹教授摄影题照”：

迎雪傲霜花中奇，枝横没叶玉琉璃。万物虚幻无背景，春寒绽放靠自己。

如果说首联是风，颔联就是骨，诗句很是清奇可赏。于是，一诗引来天南地北的异口同诗，盛赞腊梅。不亦乐乎！

凌霜傲雪葩苑奇，晶莹花朵碧玉几……腊梅傲骨群芳妒，百花争妍何太急。（万福龄）

清茶一盏窗前坐，凌空飞来数枝梅。（殷岐峻）

皎雅玉魂生淑气，晶莹冰骨弄晴晖。丹心铸化成诗句，墨香一池报春归。（徐远光）

一剪黄梅跃眼中，背景苍茫，独自凌空......翻天覆地死重生，宝剑轩辕，老也从容。（朱天相）

枝横没叶几琉璃，雪拥疏香艳夺奇。（徐益人）

历尽多少苦与寒，笑领春风百花来。（武心莹）

……

唱和来自天津、南昌、北京、上海、大连......可谓是欸乃一声响，蕊破枝头迤逦黄。此情此景，大有王羲之兰亭修禊之风矣！

先生自谦，诗作平淡无奇，嘱我500字小文足矣！未曾想，啰嗦已近6000言。刹住！然，仍觉言不尽意，不胜依依。

是为序。

程国政[1]　2024年丹桂孕蕊时节

1　作者简介：程国政，曾供职于同济大学。

鹭岛六章

岛民三十春秋，陋室告老悠悠。中年调职厦门，格律时习常有。
观海听涛独白，鹭岛六章写就。闲居浅吟释怀，不揣浅陋试秀。

（一）怀远

遥望金马澎屿，山河一统真理。惟盼国泰民安，中华民族大义。
风吹黑发登岛，雪鬓伏案劬劳。结构立身为本，奉调难察门道。

（二）知足

苏赣粤闽浪迹，职守已尽心力。断无亏心是非，何须伪标真绩。
千帆过尽大江，怨恨情仇淡忘。得之怡然知足，失之泰然戒慌。

（三）慰藉

内人古稀抱恙，有惊无险复康。一手女红结发，珠黄岂掩书香。
翁妪境外悠游，携手十年观光。齐眉举案慰藉，粗茶淡饭悠长。

笔者素描画像
（2024 元旦于厦门环岛路）

（四）有 序

手足已届杖国，尚无病痛劳废。后生看重孝悌，未见纷争乱为。
滋兰树蕙雨润，长幼有序安宁。推窗遥观晓色，湖水清澈映亭。

（五）淡 交

亲戚旧友无数，久散不聚则疏。大浪淘沙沉金，常聚不散落俗。
老而弥坚如松，良师益友高朋，君子淡交似水，诗书礼乐珍重。

（六）感 念

海天一色苍茫，年岁已忘夕阳。风雨催醒旧梦，终成薄壳猜想。
道法自然至上，格物致知理藏。感念上苍人法，只道内圣技长。

闵强

撰于癸卯腊月初二

（摄影：闵强，2024 年晚秋）

自　　序

闵强 2016 年于厦门

我本理工男，笔耕非悠闲，野岭浮云在，青山踏歌还。退休后有感而发，陆续撰写了数百篇博文，不揣浅陋，结为三辑：以散文为主的《薄壳猜想记》，以诗词为主的《闲居浅吟》，以纪实为主的中篇小说《书劫追记》。《闲居浅吟》为其中一辑。

撰稿已尽心力，人文非我所长。口占诗文多浅显直白，格律诗词彰显传统文化魅力，但自感功力不足，感谢好友李春林诗人对诗文多有指正。文笔虽拙，每篇均反映真实的生活，也凝聚着笔者深深的情感。年经事纬，茶余饭后，或即兴写就，或回忆成稿，悉出本真。诚望诸君或采撷，或批评。有感于斯文者，尚祈有所裨益。

闵强

辛丑仲夏夜撰于鼓浪屿

自序

我本理工男，笔耕非悠闲。野岭浮云在，青山踏歌还。

退休后有感而发，陆续撰写了数百篇。博文不揣浅陋，结集为三辑：以散文为主的《薄亮精思记》，以诗词为主的《闲居浅吟》，以纪实为主的《吉劫追记》。《闲居浅吟》为其中一辑。

撰稿已尽心力，人文非我所长。口占诗文多浅显直白，格律诗词彰显传统文化魅力，但自感功力不足。感谢好友李春林诗人对诗文多有指正。文笔虽拙，每篇均反映真实的生活，也凝聚着笔者深深的情感。年经事纬，茶余饭后，或即兴写就，或回忆成稿，悉出本真。诚望诸君或采撷，或批评，有感于斯文者，尚祈有所裨益。

闻弦辛丑仲夏夜撰于鼓浪屿

目　　录

第一辑　诗情悠悠

七律　微妙玄和

——为刘大椿教授邀约首聚“檀香山寓”致贺

日照茂林望秀峰，养真抱朴钓鱼篷。
檀香椿屋炉火旺，气定品茗笑春风。
微妙玄和尘世拂，道法倡天自然同。
骋怀游目高义在，乐聚古稀茶寿中。

2021-5-21于北京

左起：王立、闵强、刘大椿、李子荣、罗保林
2021-5-20 于大椿寓所

赵长虹刻“檀香椿壇”

七律　贺新娘

——答文艳婚柬"邀请函"

十五年前回丹阳，起舞迎归祖籍乡。
天地尊长灵气在，酒香醇厚亲情长。
玉姿绰约初相识，淑女窈窕闺府藏。
婚柬喜传邀大舅，福祈连理贺新娘。

2013-5-19于奥克兰—悉尼旅途中

江苏丹阳万善公园

七律　苍颜逢

——1958届南昌珠市小学发小56年后首次欢聚

少时别离如今翁，五旬六载苍颜逢。
童心呼唤青梅应，风雨鸿尘孩趣空。
庐岳灵泉玉涧在，百年相传与君共。
何愁江畔夕阳下，孤鹜落霞胜景中。

2014-11-15于南昌江西宾馆

左起：闵强、肖罗讫、杨腊香、熊助人、姚起坤、李世昌等发小同学
南昌珠市小学创建于新文化运动时期的1922年，1959年该校曾是出席全国群英会的“红旗学校”，也是当下南昌市十佳小学中名列前茅的品牌学校。薪火相传百余载，香溢洪都硕果累（摄影，文芹）

七律　悼朱伯龙大师[1]

泰斗升天学子哀，祈愿人寰无震灾。
务真求实巨匠在，结构创新盖世才。
烈士暮年击玉壶，襟袍宏论略初开。[2]
伯龙天下谁不识，舍我其谁凭公裁。

2008-4-13于厦门

朱伯龙教授（1997 年）

1　朱伯龙（1929—2008），国际著名结构工程专家，教授，同济大学原结构工程学院院长，国家首批博士及博士后导师，著作等身。曾任中国建筑学会抗震防灾研究会副理事长，建筑结构学术委员会第二届副主任委员，尤其在钢筋混凝土结构领域及工程结构抗震理论方面有杰出贡献。

2　宏论：指朱伯龙教授于 20 世纪 90 年代创立“结构灾害学”“建筑改造学”两门新兴结构学科。他指导建筑结构研究生硕士 73 名、博士 30 名，其中包括中国科学院院士李杰、中国工程院院士吕西林。

七律　相映红

——为海口同济友人夫妇着红装晨练题照

妪翁太极映相红，观海听涛两峻崧。
老骥路遥堪胜力，为王寿者识英雄。
静宁恬淡观云翥，少小回眸望远穹。
壁立曾为千万仞，清流得意自然中。

己亥冬月（2020–1–10清晨）于厦门

七律　端午

龙年端午别晚春，脊节滑伤痛无声。
千里江陵思念远，筤篁顾影自怜人。
失香粽叶浅尝酒，听雨观云静品茗。
有恙飘远青山在，承欢膝下总关情。

2024–6–10日于京城

七律　泰斗登高

——赠黎曦[1]兄一行七人来鹭岛考察

秋云秋月共徘徊，国之工匠洪都来。
霜鬓车轻鹭岛熟，登高泰斗眼量开。
笑谈促膝再新创，同济情融更上台。
倏忽古稀重又聚，兰亭高谊乐无哀。

2020-9-6日 于厦门

左起：闵强、黎曦

1　黎曦，同济大学工民建1967届毕业，江西省首批特许一级注册结构工程师，设计成果丰厚，业绩卓著，是江西省建筑结构设计界领军人物之一。江西省土木学会混凝土及混凝土结构专业委员会主任委员。

七律　入海流

——贺刘大椿教授《审度》三卷由伦敦劳特利奇出版社英译出版，发行欧美[1]

陕北公学写春秋，入海江流泓沛酬。
诸子百家千载事，道法今古自然遒。
东西交汇求融通，审度科史动五洲。
桃李无言蹊自在，鸿篇传世说来由。

2021－11－22于北京

《审度：马克思科学技术观与当代科学技术论研究》三卷英译版封面

1　刘大椿是中国人民大学哲学系一级教授，也是我国科技哲学界领军人物，近著有《审度：马克思科学技术观与当代科学技术论研究》（三卷）。

七律　鼓频催

——兼贺北京刘宗宝获业界盛誉[1]

一声探索起惊雷，涉水跋山风险摧。
众说纷纭真理在，坐拥大智夺头魁。
雄文落笔抢先策，石敢当君率众推。
思考底线精品出，神州同业鼓频催。

2019-12-11于广州白云国际会议中心[2]

笔者列右

1　刘宗宝，中国勘察设计协会施工图审查分会副会长，主持编辑出版施工图审查相关专业系列工具书刊，首开先河，在全国业界盛获赞誉。

2　中国勘察设计协会六届二次会议于2019年12月在广州召开。

七律　聚南昌

——为高中同窗相聚题照

清明时节聚南昌，舟车劳顿喜欲狂。
年少青丝霜染鬓，相拥时刻细端详。
安知人世旅途苦，谈笑风生神飞扬。
义重德高心坎入，梦中难舍是家乡。

辛丑清明节于江西饭店

2021年4月6日，前排左起：唐国强、赵长风、闵强、杨曼云、舒华、赵曼圩。后排左起：罗来法、罗来昆、刘忠宽、罗智三、郭蔚干、赵菊生、张国安、杨克昌等高中同学相聚江西饭店

七律　汶川地震后奔赴现场感怀

地壳异动乱玄黄，汶川屋舍全坍荒。
天崩地裂山河在，八方驰援慨而慷。
柳暗花明有彭城，寒垣秋草安四方。
帷幄从容谋方略，灾后重建举国望。

2008-9-3深夜于成都

不同命运（吴汉福摄于映秀镇，2008 年 6 月 12 日）
图片选自《纪念汶川地震二周年，地震工程与减轻地震灾害研讨会论文集》

七律　忆陈水平兄

同济同窗六载长，推心置腹话沧桑。
书山静读弟兄在，风云突变转吉祥。
高风亮节人称颂，深谷幽兰德馨香。
挥泪送君驾鹤去，泽被后裔强中强。

2016-9-2于厦门

左起：胡文平、陈水平、闵强（2014年秋于同济大学校园）

七律　聚羊城

——为兄弟重逢而作

叶落岁暮泣相拥，唇齿相依好弟兄。
映月二泉琴曲起，峰回路转意初衷。
鞠身黄埔祭先烈，旧日校园树郁葱。
把酒临风敬一杯，桑田沧海白头翁。

2019－12－15于穗城

2019－12－13 于广州

2019－12－14 参观黄埔军校旧址

七言　咏同舟共济

——睹照思人，前排就坐有四位老校友曾参加同济抗日内迁李庄

乱世迁徙李庄通，驻足赣州思无穷。
苦难辉煌罩云雾，文理齐科送春风。
独树一帜纷离乱，土木曾经五洲红。
又闻春雷震天地，同舟共济涛浪中。

2024-9-22于厦门

附注：

1）这是同济江西校友会历史上一张罕见的照片，38 年过去仍然高度清晰，至今尚未在媒体公开示人。

2）1937.7.7 日，抗日战争全面爆发，同济大学曾经大规模迁徙。同济师生为爱国护校积蓄力量，与中华民族共患难，历时八年凄风苦雨、艰苦卓绝，和当年西南联合大学（清华大学、北京大学、南开大学）、中央研究院等机构向大后方转移一样，是中国抗日救亡教育史和科技史上的一件大事。

同济大学江西省校友会第二次代表大会代表合影（1987-3-29 于南昌）

第二辑　洪都忆旧

芳华别梦

——母校南昌五中六十华诞同窗合影感怀

一觉梦醒芳华年，回望策马曾扬鞭。
青山湖畔砥砺日，子夜读书声满天。
穷且欲坚青云志，举头言欢兴无前。
学子未忘夸海口，敢将前贤来比肩。

铅华洗净人易老，如今只为识君面。
感怀唤作青春意，鬓霜偏寻对愁眠。
滕王阁下桑梓地，故郡缘聚总优先。
别来春半会有期，低头思绪漫无边。

2014-11-20于厦门

前排左起：罗来法、罗智三、李玲玲、赵曼吁、杨曼云、舒华、文芹、闵强、唐国强。后排左起：徐中和、孙驹良、唐国祥、简德邻、张国安、陈吉根、赵菊生、赵长风、杨克昌，共18人

参观南昌五中 60 周年校史馆

—— 答赠策展人辜华先生

六十华诞主展忙，慧眼识典诚担当。
甲子轮回说从头，一炮打响美名扬。[1]
天时地利人拼搏，鸿运眷顾状元郎。
恩师学友何处寻，教学红楼忆堂皇。

图文并茂展历程，更有诗书解我狂。
院士翰林尽翘楚，仕途经济多栋梁。
各科名师凝聚来，雏鹰振翅任飞翔。
红谷滩畔又崛起，母校前景更辉煌。

2014-11-9于南昌

老五中内两栋教学楼，在历经半个多世纪岁月洗刷后风姿仍旧（许怀林摄）

1　一炮打响，指 1957 年江西全省 40 名清华大学招生名额，江西省一高中（南昌五中前身）竟考取21 名。此外，还考取北大 11 名，以及上海交通大学、复旦大学、同济大学、中山大学和武汉大学等。其势如钱塘江的潮水，对南昌五中后生鼓励至巨。

甲子逢

——为南昌珠市小学发小 60 年重聚题照

赣江溯源自武夷，清明发小聚故里。
霜鬓白发弘毅在，古稀耄耋皆传奇。
莫言枫红年华尽，把盏寥廓客未稀。
世事纷繁烟云过，童年负笈长相忆。
罗讫登高振臂来，翁妪面晤言无忌。
十三友君甲子逢，桑榆未晚话期颐。

2018-4-6于南昌，江西饭店

前左：梅林江妻、万菊德、杨腊香、肖罗讫、闵强、龚绵如、朱碧桃。
后左：邱晓、邓光宇、辜吉龙、何伯庚、梅林江、林中孚

弥足珍贵（五章七言叙事诗）

——梅林江兄珍藏60年前的发小合影感怀

之一

小手挥挥两茫茫，孩提一别不张望。
术有专攻进学府，沪上长安喜欲狂。[1]
位卑未忘思报国，投身潮流来逐浪。
结构抗震求安居，数字遥控冶炼钢。

之二

和光同尘融自然，安身立命度时光。
功名利禄烟云过，一觉醒来橙已黄。
长年寻访无踪迹，明月举案直彷徨。
德化避暑听惊雷，传来幼年旧模样。

之三

鹤纪合影今犹在，弥足珍贵仅一张。
山涧顿忆童子功，湖畔回望成梦乡。
甲子轮回一幕幕，万寿宫里课业忙。[2]
性相近来习相远，珠市负笈共学堂。

之四

活泼从未闯祸端，心存敬畏本善良。
志存高远年少时，春华秋实理工郎。
虽无出类拔萃才，红尘滚滚重情商。
儿孙绕膝享天伦，幼时知己兴味长。

---

1 林江、闵强分别考入西安军事电讯工程学院及上海同济大学。

2 二人读小学时常去万寿宫宅屋做作业、图画或玩耍。

之五

落日镕金霞满天，暮云合璧总感伤。
豫章皓月梅岭冷，甲子重逢叹无望。
一石激起千层浪，一照催我聚会忙。
热泪相拥重识君，六十年后乐夕阳。

2019-4-7作于南昌

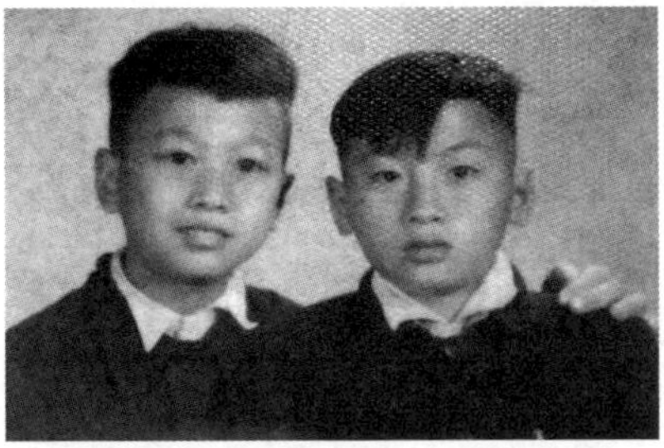

林江兄珍藏的闵强、梅林江童年合影（1957 年）

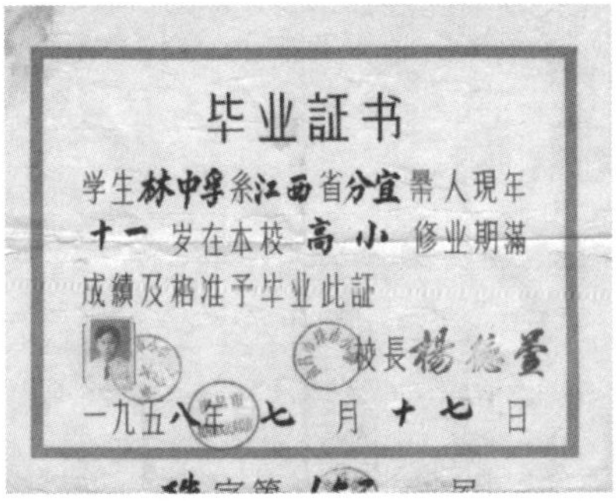

毕业証书

学生林中孚系江西省分宜県人現年
十二 岁在本校 高小 修业期满
成績及格准予毕业此証
校長楊德誉
一九五八年 七 月 十七 日

1958 年珠市小学毕业文凭（南昌市西湖区人民委员会颁发）

62 年后再合影（2019 年）

绳金塔下

——12兄妹群聚南昌绳金塔下纪实

清明时节望晴空，慎终追远祭祖宗。
忽闻承钢集结令，久违缘聚恍梦中。[1]
令堂慈母我唤姨，养儿育女数头功。
渊源手足分离远，绳金塔下喜相逢。

含辛茹苦铭恩情，何计幼稚忆朦胧。
三春光辉暖襟怀，香雾云鬟酣睡中。
连心十指有长短，面晤一点灵犀通。
大浪淘沙见沉金，境遇各异心相同。

千年古塔昌盛地，浊酒一樽祈兴隆。
适逢华灯璀璨时，携手信步任西东。
忠厚世家品自高，何惧岁寒压青松。
最难风雨兄弟来，随缘自在乐醉翁。

癸卯清明临行前，于南昌滕王阁开元酒店（午夜）

1　承钢系谈家长子谈承钢。

渊源手足分离远，绳金塔下喜相逢。（2023-4-1 午夜）

千年古塔昌盛地（1950 年代初）

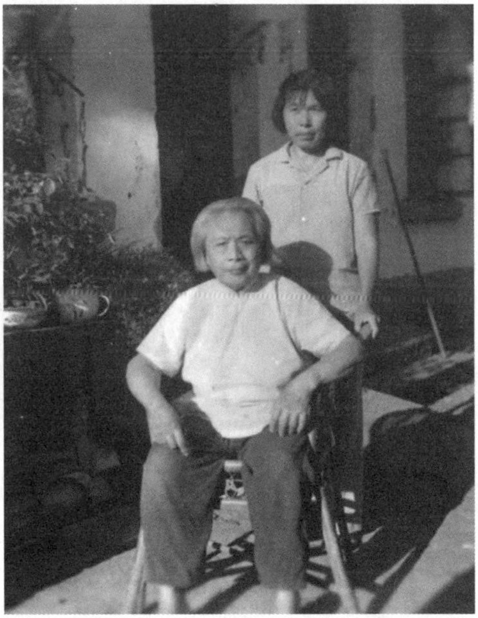

笔者外婆舒芬坐前，谈家慈母顺秀立后（1980 年）

南昌万寿宫[1]

——初闻千年道观重建落成偶感

豫章劲吹重建风，盛世落成祖庭宫。
许逊有灵当含笑，忠孝神仙亦圆梦。
遥忆邻里今何在，殿前顽童已成翁。
纵然冠盖潮领地，儿时乡愁一场空。

古风犹存繁华尽，疑似西晋假古董。
飘飘欲仙老君殿，何须安贫敲鼓钟。
千年道观添商城，金边瑞香花更红。[2]
经世象数吟太平，天地人贵与君共。

庚子冬月初一于厦门

2023-09 傍晚，闵强首次来到重建万寿宫殿前

1966 年以前老万寿宫民间朝拜场景（李跃华原创画作）

1 铁柱万寿宫是祖庭，它是全世界 2000 多座万寿宫的起源地，具有悠久的历史和文化价值。

2 1985 年 10 月，由南昌市人大常委会八届十七次会议审议批准，金边瑞香和月季为南昌市的市花。

清如许

——母校 60 华诞于新校园邂逅郭宝新兄，欣然命笔，赠之。

千里烟波过江来，英姿勃发登楼台。[1]
莫夸哪得清如许，寒窗清醒脑洞开。
青山湖畔眺红谷，历经风霜兄弟在。
校园邂逅忆青春，烟消云散数君帅。

2014－11－7于南昌

青山湖风光

1　房地产红火年代，郭宝新曾任南昌市房地产权籍中心主任。

五中脊梁

——赠邓庆余老师

八十三岁擎大旗，六十华诞遍桃李。
师从何来少年问，五中脊梁邓庆余。
青山湖畔两红楼，留与后学足所忆。
良师云集握灵珠，子弟人杰遍大地。

2014-11-7（南昌五中 60 周年校庆日）于南昌

左起：邓庆余[1]、闵强

1 邓庆余，老五中政治及地理教师，担任过 30 多个高中毕业班班主任，曾被评为全国优秀教师，是 20 世纪五六十年代老校友聚会的领军人物。

石敢当

——赠章跃进校长

2002年，章跃进先生借壳重建红谷滩，励精图治12年，将老五中重建成江西省重点中学。今日躬逢母校甲子华诞，晚宴应邀同台，赠诗一首以抒怀。

青山湖畔曾辉煌，赣江后浪推前浪。
豫章何人不识君，滩前兴学石敢当。
锲而不舍育绅士，教书提分有良方。
兰质蕙心出淑女，言为心声惊玄黄。

皇天不负有心人，春华秋实题金榜。
莫道当年状元郎，一代更比一代强。
虔诚礼贤聚良师，老枝新芽沐朝阳。
八千学子动地来，甲子相逢慨而慷。

2014-11-7于江西宾馆

左起：章跃进、闵强

笃信拼搏

——贺裴强健画作参赛

竞投烽火初起，诸君赞襄心齐。
只为人好画美，更念母校情意。
何计名列数几，重在快乐参与。
虽言得道多助，夺魁颇费心机。

本已万事俱备，只道水清无鱼。
纵有君子坦荡，难免小人戚戚。
大隐不在高低，校园国画铭记，
有为权当无为，笃信拼搏第一！

2017-9-4于厦门

八大山人赏荷花

秋色盈山川

思　君

——知己左俊明久居武汉，退休告别数学讲坛，却成江城舞林高手。甚是想念，奋然命笔

同学少年古稀逢，矍铄老翁谈笑中。
青春攻读珞珈山，丹青千里风樯动。
黄鹤楼前傲舞林，乐不思赣会旧朋。
汉阳树下成世居，鹦鹉洲上潇洒翁。

春风一家桃李杏，岁寒三友梅竹松。
年少曾遭祝融灾，涌泉相报愧无功。
孤帆远影楚天舒，江岸举头龟蛇峰。
重镇鼎立通衢在，鹭岛思君情愈浓。

戊戌立冬于厦门

左起：赵长风、闵强、左俊明（1966-9-20 于武汉）

1　1965 年夏，笔者被派往东海舰队当兵锻炼。乘载的军舰正奉命航行在茫茫的东海洋面上，南昌老家却不幸遭遇祝融之灾，住房即成废墟。家徒四壁，阮囊羞涩。长风、俊明两位至交，均在父母不知情的状况下，节衣缩食赞助了一笔可观的生活费用助笔者渡过难关……（摘自闵强著《薄壳猜想记》第 171 页“岁寒三友”）

故园评点

——为老校友在京城观赏南昌五中母校鸟瞰国画题照

故园评点校舍齐，鬓斑相约为画迷。
大师云集诚教诲，诵读书声天籁鸣。
满园桃李春意浓，比学赶超忆点滴。
纵有卷帙文章出，游目骋怀鸟瞰奇。

2017-7-4于北京

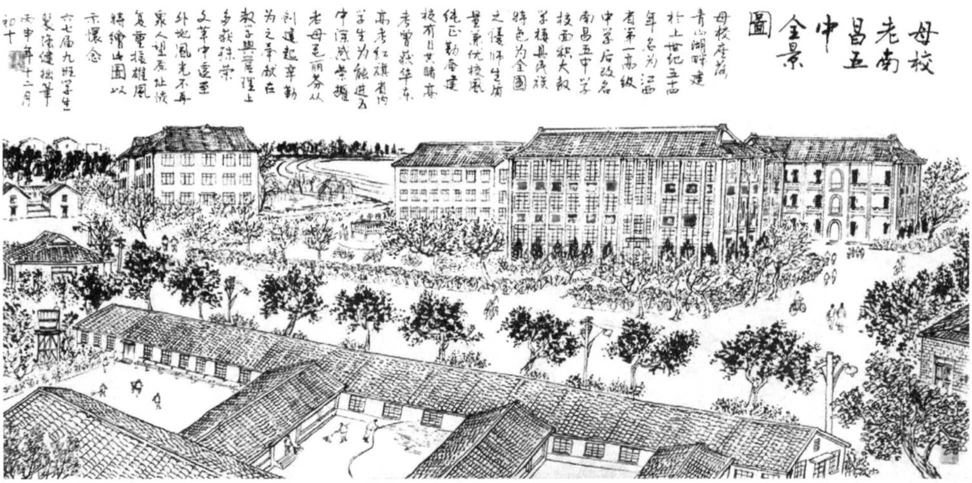

20世纪五六十年代，母校老南昌五中全景鸟瞰图国画（裴强健画）

1 2017年7月3日，王长顺、郑金生、赵长风、朱永平、闵强、金鼎昌、罗保林、张东、程秋秋、谢晓美、胡亚若、涂传林、方永绥等在京校友相聚观赏母校鸟瞰国画。

附文一　徐远光　七律 绝世题

——为闵强“故园评点”称道

才子挥毫绮梦驰，两楼深处旧人诗。
飞红柳绿传心意，玉树仙风解我痴。
眷恋绵绵幽月魅，浓情绻绻彩云姿。
砚中雅趣故园韵，笔下阑珊绝世题。

2017-7-24于南昌

附文二　喻致评“雪夜细品”

——答闵强兄诗“紫气东来”

雪夜细品全景图，旧貌栩栩历往事。
面带菜色攻书山，手抚瘦骨破难题。
心比天高伊甸园，命如纸薄伤心地。
别梦依稀亦唏嘘，唯有感恩无须悔。

2017-1-16于温哥华

附文三　殷岐峻“老校新图”

——和闵强诗“紫气东来”

老校新图忆旧容，南昌回望海天空。
寒霜染鬓人衰去，犹记当年教化功。
生花妙笔画春风，点墨犹如梅蕾红。
六十年前遗韵在，楼台还似老五中。
飒飒东风细雨来，满园花草日葱茏。
如今回忆当年事，一样悲欢共交融。

2017-1-15于天津

紫气东来

——为裴强健神笔忆绘老南昌五中校园鸟瞰图拍案叫绝

紫气东来楼已空，勾勒景物忆相同。
峥嵘岁月求学地，积微知著童子功。
令行禁止校风在，寒窗苦读坐如钟。
岁暮缘聚甲子日，兄弟重逢已成翁。
卷帙浩繁言已尽，独见国画创意浓。
雨露甘霖念情谊，神笔依稀飘梦中。

丙申腊月于北京

1964年7月1日，南昌五中教学楼前，高三（七）班毕业合影。国画作者裴强健母亲、老五中教导主任毛丽芬老师（前二排左6）、诗文作者闵强（第三排中）。照片提供：赵长风（后排左5）

青山湖水映红谷

——应邀参观南昌五中母校七十华诞校史初展

年少离校古稀返，天意怜草犹未晚。
励精兴学树丰碑，薪火相传更璀璨。
雨后春笋多彦俊，弦歌日新非等闲。
青山湖水映红谷，金蝉脱壳新颜焕。

2023-10-12于南昌

2000 年迁红谷滩后新五中校景

1954—1966 老五中二幢教学楼之一

左起：冷光辉、沈国志（校长）、闵强、徐远光、周曼翠、黄爱梅

贺辉煌

——倾接友华兄邀约赴昌同乐，并告正与金铁霖教授重聚南昌家中荣谈甚欢。小诗一首致贺声乐家兄弟哥俩好[1]

同窗同仁未能忘，四十春秋忆初创。
盛世年华鸣声乐，天下桃李竞芬芳。
水到渠成乃宗师，甘为春蚕吐丝忙。
蜡烛泪尽君自帅，书作寿仙贺辉煌。

2016-4-23于厦门

周友华为金铁霖题赠：寿仙（2016-4 于南昌）

1　金铁霖（1940—2022），中国著名声乐教育家，博士生导师，曾任中国音乐学院院长。

夜 宴

——南昌五中七十华诞（1954—2024）盛典前夜，应邀参加部分校友席设夜宴庆贺有感

之一：怀旧

滕王阁下赣水长，
七秩学府续华章。
晚霞渐降夜宴时，
贤良淑德说昂扬。

青山湖畔望流波，
水天一色共翠峨。
璀璨褪去花影动，
野山不言闲云过。

之二：观今

红谷滩上听惊雷，
借壳重建校生辉。
绅士淑女修身来，
因材施教响鼓擂。

出类拔萃见飞翔[1]，
春华秋实状元郎。
硕果累累聚才俊，
总教后浪逐前浪。

2024-11-9于南昌

夜宴席设南昌嘉来特精典国际大酒店（2024-11-9）

1 南昌五中首届“飞翔班”在2010年高考中，以显著成绩一直鼓励后学。班名延续至今。

又上层楼

——读罗保林主编《野山闲云》第九期偶感

红楼雕栏应犹在，人去楼空朱颜改。
甲子往事知多少？立言解味抒情怀。
百万文字天尽头，野山闲云脑洞开。
诸君欲穷千里目，又上层楼九期爱。

丙申正月十三于厦门

校友丛书汇集 10 卷，300 余万字

清　明

——先辈忌日追思

清明欲祭难还乡，疫情突变黯思量。
天灾人祸海啸来，多少无辜成哀殇。
梦里依稀唤幼童，桥断渡江苦自尝。
三十三年浮世绝，云中追思祈玄黄。

2022-3-30于厦门

1976年春，赣州公园，右一：笔者外婆舒芬

第三辑　京沪把酒

京城早春

——老校友新春缘聚京城

京城早春寒意浓，玉楼烤鸭又重逢。
共为竹林侃大山，苍颜矍铄言由衷。
鸿儒新著立宏论，哲学分殊史涌动。[1]
任君萍踪走天涯，事无巨细皆网中。

抗洪软件创业来，运筹帷幄有神功。
百步穿杨成美谈，悬壶济世承祖宗。
素昧平生求学缘，校同届异班非同。
各抒己见真情在，总能凝聚话五中。

丁酉正月十六于北京

刘大椿新著《分殊科学哲学史》封面

殷岐峻：书香伴墨香

——回闵强："京城早春"

玉树临风聚一堂，京城二月论华章。
东风未起花先发，原是书香伴墨芳。

2017-2-18于天津

附：刘细根、罗保林、刘大椿、闵强、王顺长、王立、谢晓美、程秋秋、万重英等老校友相聚于京城。

1　指刘大椿著《分殊科学哲学史》，由中央编译出版社于2017年出版。

喜相逢

——适逢国庆之夜，赵长风、闵强为徐中和来京洗尘。驱车十里长安街，目眩于首都夜景璀璨。

丹桂飘香普天庆，远道同窗聚京城。
一壶浊酒为何醉，鹤发鬓霜重晚晴。
七贤竹林有高论，三君曾诵理工经。
谈笑往返长安街，华灯璀璨天安门。
世间好景收眼底，怎及青山湖畔情。
岁暮不识深沉夜，千帆过尽影中人。

戊戌国庆夜于北京喜来登酒店

左起：徐中和、赵长风、闵强

笑梦里

——为五中校友京城聚会题照

北运河上卷潮汐，曾经风华老联谊。
高朋满座皆鸿儒，秋水长天垂昊际。

京城重聚已五载，畅所欲言总相惜。
术有专攻业有成，功名利禄飘烟云。

人称君子黄花梨，又闻良木染微疾。
骨科泰斗妙手来，立竿见影笑梦里。

2018-6-3于北京

闵强主编：《50年的回眸—难忘南昌五中》（2010年）封面

附：武心莹、罗保林、涂传林、谢晓美、刘美娟、吴浩源、朱永平、闵强、刘大椿、王立、李子荣、赵长风等老校友京城聚会。聚会前，保林在家突感腰脊不适，子荣闻讯赶来手到病除，聚会照常进行，传为佳话。

尽开颜

——缘聚北京“俏江南”

去冬寻梅踏雪难，今朝缘聚俏江南。
子夜伏案艰辛时，青山湖畔成美谈。
痴到极处看淡泊，卷帙鸿篇结灵丹。
李白能呼五花马，劝君何不尽开颜。

2016-12-25于北京

附文：殷岐峻答闵强《尽开颜》

不是江南，犹有江南俏。问贵客：白发谁家翁媪？买酒何费五花马？
琼浆盈案休嫌少。须尽欢，开颜笑，京城今日晴方好！
劝君切莫忆江南，京城繁华地，处处好养老！

2017-1-18于天津

京城缘聚

——答同济同窗文清“不见不散”

京城缘聚同窗豪，金秋重逢人未老。
久分必合谈笑间，畅所欲言情意到。
人生苦旅尝甘甜，知己促膝品位高。
不见不散出诤言，人淡如菊念旧好。

2015-10-6于北京

左起：张兰英、高守吉、陈水平、闵强、朱文清、刘玉敏、文芹等缘聚京城

踏雪寻梅记（古风叙事诗）

——应笔者之邀，刘大椿、纪坡民、武心莹、罗保林、赵长风诸君携眷踏雪聚会北京粤王食府，互赠新著似寻梅。

之一

睡眼惺忪观人海，千株万朵梨花开。日前锦书邀五君，一夜鹅毛纷飞来。
推窗俯瞰惊何处？ 素裹银妆尊容改。却看贤妻愁何在，积雪三分掩台阶。

之二

保林伉俪率先到，久别惊喜乃最爱。长风比翼报春归，大椿偕妻踏雪来。
张东率性语无忌，非你集结家中待。心莹欲行愁止步，目尽天下白皑皑。

之三

甫闻坡民踌躇意，遣车迎接内府街。君子求同存异时，互赠新著祈康泰。
人文渗透见哲理，物理能力显尘埃。科学活动论大师，野山闲云卷帙繁。

之四

冷门话题产权法，热议跨界鸿儒谈。花季少女来聆听，醍醐灌顶眼界开。
珍馐佳肴尝美味，哲学智慧启迪再。少长咸集叙胸臆，诸君笑谈人文在。

之五

凛冽萧瑟落木下，素裹十里长安街。晨起堪忧冰雪路，群贤毕至愁云散。
踏雪缘聚为哪般，寻梅何惧冰雪盖。初冬时节兆丰年，茫茫飞雪迎春来。

2015-11-22于北京朝阳首府

新著似寻梅

积雪三分掩台阶

前左起：文芹、万重英、程秋秋、张东
后左起：宋椿泥、闵强、赵长风、刘大椿、罗保林

左起：罗保林、刘大椿、闵强、纪坡民、赵长风

集结令

——南昌五中老校友上海聚会

之一

成田浦东飞航线，着陆便是赤日炎。
蔡兄一声集结令，全聚德里来相见。
耳熟能详闻大名，似曾相识五中人。
有缘同校情义在，读文自荐方识君。

之二

故园五十六年前，青山湖畔忆华年。
闻鸡起舞少年志，放声朗读精气神。
野山闲云飘燕京，八仙过海连申城。
莫道同窗桑榆晚，霞光依然红满天。

丙申初伏于上海虹桥花苑

闵強、文芹、邓建民、刘阿娣、熊德诗、孙瑾华、熊自球、甘树桊、郭庆凯、盛福波、蔡湖南、熊华平、张友贵、衷国权等老校友聚会

附文：殷岐峻　聚一堂

读闵强中秋诗“集结令”，谨写一首小诗以对：

此夕月饼犹未尝，海风吹送桂花香。
一轮明月晴空照，已报宾朋聚一堂。

丙申中秋于天津

前左起：文芹、邓建民、刘阿娣、熊德诗、孙瑾华、熊自球
后左起：闵強、甘树棨、郭庆凯、盛福波、蔡湖南、熊华平、张友贵、衷国权

甲子缘聚

——为同济大学1964届11班60周年缘聚题照

甲子缘聚七位，举桌休问缺谁。
青梅煮酒推盏，来者兄弟姐妹。
学海翻腾六载，酸甜苦辣多味。
千帆过尽君在，浮云倦鸟暮归。
何以心驰神往，铭记同济泽被。
笑谈耄耋将至，赓续期颐再会。

2024—11—2于上海

前左：庄筱荫、蒋玉民、陈梅玲
后左：秦浩、闵强、顾剑雄、邬渝骅

苦旅乐来

——赠肖俊贤兄

半个世纪别西东，莘庄虹桥缘又逢。
江南贤者年少俊，兄弟灵犀一点通。
恰遇饥荒春酒暖，挑灯攻读火正红。
忠厚传家勤奋时，电气扛鼎奏大镛。

敬业重机堪回首，巴黎归来创新隆。[1]
纵然山石能攻玉，璀璨人生掠秋风。
胞妹陪同返故乡，清明时节祭祖宗。
曾经寂寥金烬暗，上天再赐石榴红。

千金散尽万事空，手足亲情归大同。
海清唤爹入耳来，儿时梦想环绕中。
劝君惜取夕阳时，续弦在侧绣芙蓉。
恩爱搀扶渐行远，苦旅乐来慰智翁。

2017-5-12诗成于北京

2016 年夏留影于上海虹桥花苑，左起：闵强、肖俊贤

1　重机：指肖俊贤自大学毕业后一直在上海重型机器厂工作，曾为电气专业扛鼎，并在 20 世纪 80 年代初公派赴法国学习先进技术，回国后也曾为技术创新作出贡献。

忆青春

——旧友欢聚家门

赣江千里浪淘尽，知己旧友聚申城。
不为佳肴不为醉，只念那段患难情。
前程未卜闻号角，告别父老挥泪行。
激情岁月话油山，爱恨情仇数不清。

跌打滚爬在山涧，都市闺女已长成。
崇山峻岭来磨砺，苦尽甘来剩者赢。
一壶浊酒推盏来，推心置腹乃知音。
鬓霜首皓老将至，奈何秋日忆青春。

2016-7-18记于上海虹桥花苑

左起：朱阿毛、姜慕廉、赖文芹、王春梅、闵 强、尤炳光、张祖国、王小廷等缘聚虹桥花苑

夜放空

——答赠朱承昌先生[1]

朱君矍铄七九翁，疑似后生坐堂中。
试问颐养何秘诀，每日两顿夜放空。
语出惊人豪横在，众说纷纭夸唐兄。[2]
饥寒苦读存风骨，多日断炊有饿功。

今朝养年不尽同，晚膳少食无恶梦。
凡夫贫僧安然耐，腹饥难眠萧瑟风。
珍馐佳肴尝美味，适将进酒亦轻松。
不饿为度己尽欢，莫学李白长醉中。

丙申七月廿八初秋于上海虹桥花苑

左起：朱承昌夫妇、闵强夫妇、朱福泉

1　朱承昌（1938—2023），1961 年毕业于同济大学城市规划专业，学术成果丰硕，也是我国建筑设计院体制改革的先行者。1983 年他率先在江西省环球建筑设计院有限公司进行了一系列的改革尝试，曾被新华社播报。为江西乃至全国设计院的改革开放事业作出了重要贡献。

2　指南昌五中高中同窗唐国祥，1961 年大饥荒时期，他曾因饥饿难忍 20 天吃光 30 天的饭票，导致连续 10 天粒米不进忍饥挨饿。坚持艰苦求学，直至高中毕业。

夜访友人

——自厦门飞抵上海夜访程功强、庄筱荫夫妇感怀

登门拜访

才抵虹桥未洗尘，跨江访君夜叩门。
寻得日月豪庭在，苍颜共话同济情。
巧逢筱荫生辰日，功强康复已逢春。
纵然门牙漏风去，一家三口挺精神。

同窗夜话

西入阳关曾徘徊，黄浦江畔望眼开。
同窗日久生鸳鸯，最是风雨同舟来。
襟怀坦白藏不住，朝日新闻报平台。
浮生长恨飘逢远，御桥挥手君再来。

2016-7-8记于虹桥花苑

自左：程功强、闵强

仰鲐背

——龙年新春赠世豪兄

步近耄耋仰鲐背，悟透人生多敬畏。
狡兔进窟掩旧历，巨龙腾空新春会。
金戈铁马吹号角，余辉夕照忘年岁。
暴雨过后惠风至，顺其自然方知贵。

甲辰龙年正月初五

附文：沈世豪步闵强兄诗韵答之

冬去春来又一岁，埋头耕耘忘鲐背。谢君提醒情谊深，珍惜光阴莫沉醉。
脉脉寸心书日月，福禄双全不足贵。侧目风雨潇潇下，超然物外耐品味。

甲辰龙年正月初五

《沈世豪》，厦门文学艺术人物系列专辑，南方出版社，2020-4

降飞鸿

——为年方八六万绍凡兄之画作参赛称庆

冠切崔嵬耄耋翁，虎啸山林鹰凌空。
但使泼墨椽笔在，龙飞凤舞堪称雄。

霜鬓萧散全不顾，人体素描彩绘浓。
孙辈欲问朱颜改，笑答岂知饮酒红。

又闻东方赛百强，跌宕起伏非初衷。
波诡云谲争头筹，不如望眼降飞鸿。

2024-1-10

参赛作品之一

参赛作品之二

桑榆未晚

——赠同济文工团老团长叶祖攸校友

霞满苍穹万里晴，桑榆未晚话初心。
曾经歌舞报梅艳，情满家国拂前尘。
天南地北驰骋去，江河泓沛聚申城。
最是同济校庆日，老树风霜桃李情。

2019-5-19于上海

注：时值同济大学文工团建团 60 周年联欢会。

左起：叶祖攸、刘柏贤、闵强、吕美安、邱晓

登临白塔

——偕文芹参观北京“妙应寺白塔”

元朝开国忽必烈，以策马武力定都北京。引尼伯尔阿尼哥，设计建造我国最大最早藏式佛塔开国志庆。白塔体量恢宏，饰物金碧辉煌，叹为观止。

之一：观赏

皇城闹市中，白塔耸天宫。偶闻诵经声，偕妻观意浓。
登临妙应寺，清静人也空。五体投地者，前俯后仰隆。

之二：读史

岳飞名将多，难撑宋苍穹。徽宗输神州，元朝始建功。
忽必烈信佛，释迦迎春风。阿尼哥主持，白塔日向东。

之二：顿悟

变换大王旗，明清修玲珑。祖居四九京，熟视无睹空。
庄严佛教地，众生源头供。汉人当醒悟，为何输列宗。

辛酉三月廿八晚春，北京万柳家园

皇城闹市出，白塔耸天宫（文芹摄于2017年4月）

美罗城

——兼为衷国权兄万里送行

万里相约美罗城，须臾恳谈情谊真。
春风吹拂啼布谷，儿孙承欢须兼程。
大洋彼岸促膝难，青山湖畔抖精神。
棉市学堂孩提梦，天高地远又逢君。

甲辰二月初五早春于上海虹桥

左起：衷国权、闵强（2024-3-14）

结构泰斗

——《薄壳猜想记》初稿搁笔，追思朱伯龙教授

鞠躬尽瘁

高楼屹立摘星辰，盛世安居已成真。
鲁班欲问土木事，结构泰斗有何人。
业界领袖来拓展，广厦倾斜抢扶正。
格物致知建规范，模拟抗震事竟成。

死而后已

才俊初露翠绿青，翘楚识得树冠顶。
五十功名尘与土，百十弟子出翰林。
君自薄壳破门去，鞠躬尽瘁骑绝尘。
欲祭恩师疑君在，敬业拼搏泪满襟。

闵强著《薄壳猜想记》（送审版），由同济大学出版社出版，2023 年

2013-5-20于北京

附录 徐益人：《最忆同济偷读书》

——贺同济同窗闵强《薄壳猜想记》一书付梓

临纸欲赞觉才疏，大著推崇费踌躇。拔节时季忍荒饥，负笈年代惊批诛。
拨乱慨忆二度春，改革叹写三生福。今日回眸幸慰事，最是同济偷读书。

徐益人谨书丁酉二月

刻神龟

——有感郭钧西手书四米长卷《德化避暑散记》

欲撷红叶开心扉，君赐枫林心力费。
长安一面相识晚，悠闲绻遣避暑归。
幸为同济刊文去，又睹玲珑珠玑飞。
天马行空豪气在，饱墨笔力透纸背。
霓裳古曲听奏鸣，形散神聚将毫挥。
庙堂富绅烟云散，万年甲文刻神龟。

2018-2-4日 于厦门

同济厦门校友会赏析长卷
（前：边经卫）

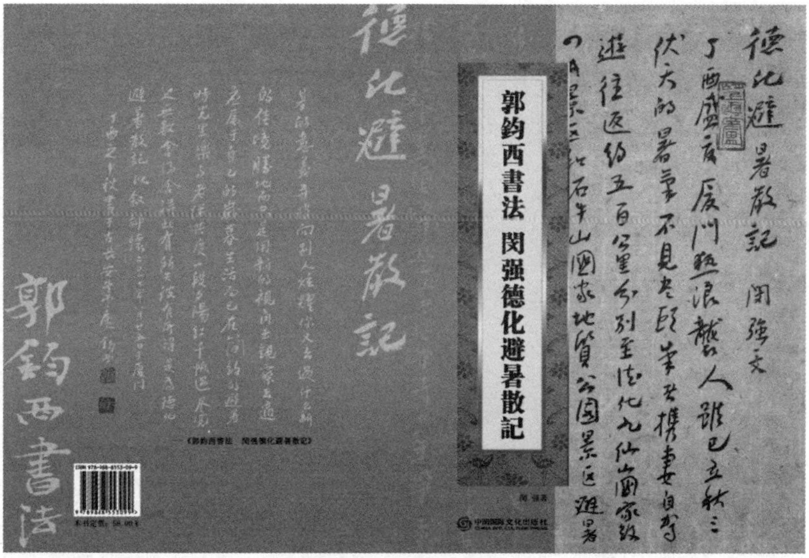

《郭钧西书法　闵强德化避暑散记》已正式出版

天下识君

——答郭丹昊

高山流水知音，琴瑟韵和初鸣。
翰墨芳香犹在，弦断玉碎悲吟。
天马衔枚疾行，笔端追风豪情。
何愁存世短长，玄鉴天下识君。

2018-6-16清晨于厦门

附注：《郭钧西书法 闵强德化避暑散记》出版发行前夕，惊闻书画家郭钧西先生因突患心脏病，经医治无效逝世。谨将该图册改作《郭钧西书法纪念册》以资缅怀。郭丹昊为书画家郭钧西的女儿。

鉴天下赏长卷 左起：程秋秋、刘美娟、王顺长、李子荣、闵强、王立、罗保林、吴浩源、武心莹

赞朱永平百万摄影叹为观止（藏头诗）

——为博客《永平摄影园地》题照

赞真善美当慷慨，
朱门图库园地载。
永为信息为哪般？
平生只为强军来。
百尺竿头千里目，
万里征程洗尘埃。
摄入高清精微处，
影像世界无所碍。
叹却人生纷繁事，
为求精益深如海。
观赏落照虹堪画，
止步卷帘抒胸怀。

丙申十一月十四冬月诗作于厦门

朱永平工作照

赞衷国权[1]摄影精妙厚德载物（藏头诗）

——为衷兄伉俪赴美送行

赞誉只为汝创新，
衷曲奏鸣美画映。
国民素养源文化，
权当怡情尤养性。
摄像过眼若烟云，
影片传世存我心。
精微巨宏艰辛处，
妙文图茂寄深情。
厚生无求品自馨，
德高专注积淀深。
载航伉俪飞彼岸，
物象平安君自珍。

2016－12－2于厦门

殷岐峻：读闵强“赞衷国权摄影精妙厚德载物（藏头诗）”，为凡事都能入诗的多产业余诗人又一新作点赞，并赋五言诗一首《摄影头》唱和。

云烟迎面起，碧水傍身流。
秋色染群山，红枫更无俦。
朝霞映群楼，长者觉年少。
君问最美处，请看摄影头。

2016－12－5于天津

2016－9 于上海虹桥花苑，闵强夫妇欢迎衷国权先生（左）来访

1 衷国权，1969 年毕业于上海医科大学，一直从事医学教育工作，副教授。退休后又专注于各类摄影艺术，作品丰厚，成绩斐然。

雷秋模医术震东瀛（藏头诗）

——贺雷秋模教授应邀率团赴日参加学术会

雷霆万钧医德馨，
秋扫病魔厉无声。
模范济世仁义在，
医乳顽疾为己任。
术界杂症多疑难，
震慑后患藤黄新。
东渡攻玉携桃李，
瀛冈神山鉴真情。

2017-9-2于厦门

左起：雷秋模、闵强
（摄于2018年）

2017年7月12—16日，日本福冈。雷秋模教授（前左三）率团一行24人，应“日本乳癌学会学术总会”之邀请，赴日参加第25届日本乳癌学术大会

故宫大展行之《太璞如琢》

——观崔如琢书画艺术故宫大展

翰墨神品进故宫，午门雁楼迎春风。
画中有诗诗中画，意境气势殊非同。
巨幅手卷展极目，丹枫白雪显恢宏。
荷花似海寓盛世，丰赡骨力林峦松。

茂林深涧感年岁，草木花鸟送春归。
扇面册页出精妙，长使文人逸兴飞。
翰墨淋漓淡无意，春雨江南秀逸醉。
天寒远山见雄浑，飞雪伴春素为贵。

可染天寿和宾虹，八大石涛意韵浓。
正权山月与抱石？定睛方识如琢翁。
晚清总兵一嫡孙，名门望族幼学童。
少时皇宫太璞风，读遍名迹滋润中。

师承苦禅诵先贤，清奇飘洒眺凌烟。
纵横沃野见著微，千帆过尽境已迁。
创新立派一大家，潜心蘸墨指掌间。
传世无愧著天下，千古遗风更无前。

东瀛建馆求大同，弘扬国粹执杖翁。
质本清静返朴去，亿资报恩捐故宫。
巴黎挥笔登砚山，殿堂泼墨有崔公。
丹青焉知老将至，风云际会还看东。

2016－5－24于北京

崔如琢艺术故宫大展“太璞如琢”入口
从故宫午门雁翅楼展厅俯瞰故宫内景，2016-2-25—5-25

闵强著《太璞风吟》崔如琢艺术故宫大展参观纪实封面、封底（2016-5）

崔如琢先生指墨书法作品展，每幅高 263 cm × 宽 78 cm

附文：殷岐峻　珠玑一串盈灯下

——读闵强诗“太璞风吟”及崔如琢大师画照

云飞风荡水连波，谱就太璞尘外歌。山月依依来照我，青松翠柏舞婆娑。
水墨多藏笔外意，弦歌常伴月明听。珠玑一串盈灯下，说与诗人仔细评。

2016-5-28日于天津

崇　敬

——为孙中山先生巨像题照

国之大庆天安门，遥望巨像有孙文。
推翻帝制垂青史，革命先驱第一人。
独特景观拂世风，辛亥革命丰碑存。
天下为公倡博爱，岁事肃然崇精神。

辛丑牛年八月廿七撰于京城

从1957年开始至今，每年五一劳动节、十一国庆节，天安门广场北端都竖立孙中山先生巨幅画像。（闵强摄于2021年10月3日）

小荷初露

——赠闵全兄兼贺台北市新湖国民小学儿童吹奏管乐表演

家有少女初长成，娉婷玉立奏鸣声。
童声只应天真贵，令尊先醉养育情。
两岸眷属击节赞，手足喝彩小女神。
荷塘初露尖尖角，坦途胜锦绣前程。

辛丑四月十五初夏于北京

童声只应天真来（前左 2 闵芸恩）（摄于 2021 年晚春）

初闻此曲

——回忆朱逢博歌唱家演唱《白毛女》片段感怀

风华绝代登歌台，学子初闻此曲开。
悲喜转换听惊雷，五十年后眼前来。
唱彻神州第一人，敢教歌吟动地哀。
星才闪烁出同济，姹紫嫣红添异彩。

2017-5同济110周年校庆，于上海

附：回忆朱逢博校友在同济大学的演出实况摘录

1964年除夕，同济大学为招待亚非留学生，在新落成的图书馆借书大厅，举行了一场联欢晚会。细节回忆，荡然无存，惟朱逢博的独唱留下深刻印象。

当观众还陶醉在朱逢博独唱《北风吹》的欢快旋律时，歌曲接近尾声，掌声待起，报幕未及，伴奏的接应还来不及反应过来，但见朱逢博就地转换台步位置，紧接着一侧身、一仰天。举手投足间，她就像换了一个人似的，突然飚起了呼天抢地的悲曲："霎时间，天昏地又暗……爹爹啊，爹爹，你死得惨……"顿时，整个大厅被她唱得惊天地、泣鬼神。转换自如的台风，突如其来的悲歌反差至巨，让大家为之震撼，甚至有人潸然泪下。

——摘自闵强著《薄壳猜想记》散文集（第112页）

1964 年落成同济图书馆二层平楼

闵强 1964 年 9 月刚考进同济，于文远楼立此存照

儒雅（六言诗）

——观赏同济大学老校友合唱团献演感怀

兰亭群贤名扬，同声济艺一堂。
忽闻远方号角，共致青春书香。

指挥活现神龙，丝竹管弦绕梁。
歌咏唤起追忆，时值风华朝阳。

幸尝文体盛宴，兼修声乐所长。
老来歌喉舒展，快乐永年为尚。

气度儒雅健康，何计苍颜珠黄。
生命之花不败，晚霞满目辉煌。

2019–1–8于上海

附注：《致青春》一书于 2016 年由同济大学出版社出版，以 117 篇回忆文章，56 万字记载了同济大学学生文工团 (1952—1970）的活动历程。

同济大学老校友合唱团 2019 新年联欢会

兰亭之曲水流觞图

入　画

——贺良师益友张亚琳教授《万物皆入画》（数字绘画艺术作品集）问世

天地人入画，桃李杏别夸。
劝君静品味，妙在数字花。
满目铺锦绣，秋冬转春夏。
活色闻生香，七彩炫天下。

人间接烟火，德泽后世话。
混沌见太极，世尘吹风沙。
年少梦飞翔，青春靓芳华。
桑榆霞满天，挥鞭来策马。

万物忙竞策，跨界双桨划。
巾帼胜须眉，创新求变化。
华丽来转身，艺术科学家。
纵有牡丹王，我看岂如她。

2023-3-1于上海

《万物皆入画》的封面

注：张亚琳教授早年毕业于哈尔滨工业大学计算数学专业，曾获航天部部级科学技术进步一等奖。现将绘画的美学理念和法则，通过计算机创新技术用屏幕展示。《万物皆入画》改变了通常的绘画“载体、色粉、黏结剂和稀释剂”等四大材料因素，印证了科学与艺术的内在关联与互补。

第四辑　鸿雁传书

祥　云

——为罗保林伉俪莺迁多伦多送行

保林告知欲远行，檀香椿里腾祥云。
梅兰竹菊高朋在，卷帙鸿篇识知音。
甫闻翰林饯别语，业界何人不识君。
北运河水长万丈，怎及兄弟肝胆情。

辛丑九月十八霜降于京城

为罗保林夫妇赴多伦多，由赵长风主编：自发编辑《诗书送君万里行》诗集的封面封底

悬壶济世

——为京城骨科泰斗李子荣赴广州讲习送行

矢志悬壶济世，救死扶伤如痴。
三折其肱良医，德馨深谷兰芝。
术界鸿儒林立，髋骨独树一帜。
桃李芬芳天下，诲人不倦求是。

2018-10-19清晨，北京即兴

注：李子荣，主任医师、教授、博士生导师。曾任中日医院骨科首席专家，现任中国医师协会骨坏死专业委员会名誉主任、国际骨坏死学会中国部名誉会长。

2021秋于北京奥森公园，左起：闵强、李子荣

莫道苦旅

——贺衷国权一行 10 人“同学情,福建游”

才闻远朋赴厦门，今夕促膝虚寒问。
西岸海潮翻鼓浪，桑榆未晚古稀情。
怀远楼前远怀志，开元古刹莲界赢。
揽胜集美厦漳泉，火山洋面听涛声。
最是久别瑞生君，不期而遇福建行。
莫道苦旅步蹒跚，衷君航拍赞盛名。

戊戌立冬，厦门

朋友们抵闽相聚于鼓浪屿陋室　左起：郭庆凯、衷国权、闵强、刘瑞生、廖令庚、黄良华、黄大仁、王正发、小陶、长城长

人淡如菊

——答赠陈禎耀兄（古风七言）

忽见禎耀兄寄来旧照二帧、诗文一首，浮想联翩，赋诗感怀。

豫章暌违三十年，人海茫茫总难见。
放浪形骸透芳华，健体强身早领先。
苏宁赣浙跋涉路，志同道合曾并肩。
春来故园豫章城，滕王阁下肺腑言。
著书立说赴英伦，梦圆报国啸九天。
人淡如菊识况味，何计尘世岁暮烟。

2017-10- 12于厦门

照片三幅（1964—1966）
自上：陈禎耀；合影于南京中山陵；闵强晨练于同济校园

附　陈禎耀：游四海
——与闵强友共勉

七旬老翁忆当年，乐看肌肉笑颠颠。
心态放宽游四海，多活一天赚一天。

2017-10- 8于深圳

寒　钓

——乐闻平弟在深圳一钓大皖鱼有感

之一：上钩

初闻寒钓大黑鲩，翻腾发飙怎上岸。
得来全凭真功夫，顺势而为终圆满。
平湖撒钩观动静，诱饵微震有戏看。
定睛方知尤物来，咬钩慢拖劲可撼。

之二：中庸

松杆轻线持久战，鱼终力尽钩未断。
万物求生难死心，稳坐钓台来收官。
天赐湖畔擒其身，盘中佳肴享尽欢。
世事纷繁同此理，中庸切忌走极端。

丙申立冬于厦门

寒钓立此存照

存大爱

——答赠徐健秀华伉俪登鼓浪屿

朋自远方来，暮投寒舍开。
城在花园中，世外桃源界。
翁妪伴侣行，健步登台阶。
梅兰菊竹范，蓬荜生辉再。

图文常在手，何愁忆旧友。[1]
甘当拾穗人，伏案在津门。
鼓屿四周海，华灯始满街。
君子一泓水，诤友存大爱。

己亥春分清明月记于鼓浪屿

左起：闵强、徐健夫妇摄于鼓浪屿史料陈列室

1 指徐健秀华夫妇为南昌五中北京联谊会成立五周年编制了精美图册。

遥寄江城

——顷悉俊明从封城之武汉报平安感怀

忽闻江城恣祸殃，又悉云散君无恙。
重镇萧疏楚云低，群防群控慨而慷。
白衣国士齐临阵，四面八方俱赞襄。
初听未识曲中意，再听居家方为尚。

封城时艰惟克己，令行禁止听庙堂。
南山雷山火神山，安然何时灭魔瘴？
云开日出凝浩气，元宵灯笼兆吉祥。
繁茂树下鹦鹉洲，盼君舞林彰汉阳。

庚子元宵夜于厦门

期颐会有时

——答赠蔡湖南友

夕阳已至此，邀约才相知。
人海何处寻，却忆躬耕事。
三江舒万蔡，大户名列兹。
风烟望豫章，祖辈已离世。
天道轮回转。霜鬓映彼此。
羊年新春乐，期颐会有时。

甲午腊月廿八于厦门

岁暮倜傥

——咏殷岐峻先生

岁暮倜傥潘安才，君今离世天地哀。
何人不死问上苍，良师益友德馨在。
相识恨晚津门会，琴瑟韵和淡无猜。
成篇可咏惊风雨，无须冥想闪烁来。
双桨初荡遇狂澜，平生襟抱未及开。
诗词疑难还问谁？独咏殷兄难释怀。

2017-10-3于上海

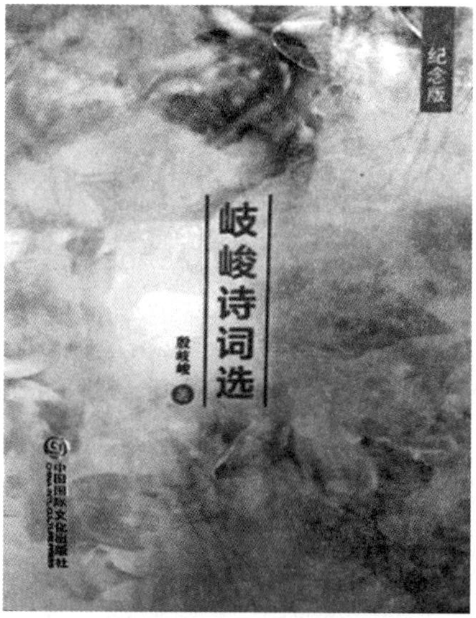

《岐峻诗词选》封面（2017-12版）

任君游

——贺晓晓兄弟大海垂钓收获甚丰

鹭岛浯屿任君游，茫茫大海一扁舟。
钓得石斑海鲈美，厦漳试手更自由。
背峰远眺峦无极，慈悲为怀大爱有。
五十余年依稀梦，桑榆未晚乐在秋。

2022—5于厦门

深海钓得5斤重石斑鱼

食人间烟火

——题赠王金锋教授“从数字工程应用到数字城市实践”

食人间烟火，望银河星座。
问数字孪生，叹宿命几何？
察方圆规矩，听雄篇张罗。
似虚拟直射，惟真知求索。

2019-12-11于广州白云国际会议中心即兴

王金锋教授演讲场景

视　野

——答同济大学丁士昭教授“用国际化视野推进全过程工程咨询”

滚滚珠江源马雄，汇入南海始汹涌。
岭南听君视野论，成败始末运筹中。
宏观微察泾渭明，穿越殊途求大同。
高雅论坛正愁余，又念鼻祖有翟翁。[1]

2019-12-11于广州白云国际会议中心即兴

同济丁士昭教授演讲场景

1　翟翁指同济大学工程管理学理论创始人、已故翟立林教授。

关山行

——聆听张俐娜院士为中国科学院首开2017年论坛随感

君自珞珈山，莅临翰林间。
关山行万里，开坛又攻关。
新材上轨道，何惧九曲弯。
博士云集地，创新睿智范。
巾帼人杰在，青山湖开颜。
新春见矍铄，珠峰只等闲！

丁酉早春于北京中国科学院过程工程研究所

左起：闵强、张俐娜、罗保林、张锁江，于北京中国科学院过程工程研究所贵宾室

雾霾新论

——赠友人庄国顺教授[1]

风云际会复旦行，成霾致雾立新论。[2]
呲气溶胶缘何在，遮天蔽日悲泪涔。
忧患日深究尘埃，健康益损炙虚襟。
西学东行灼真知，长留人间传福音。

万象微观若缠清，细微丝丝重鉴证。
沙漠海岛留足迹，鸿篇巨著乃天成。
纵论空气创意新，桃李含笑育才俊。
四十功名收硕果，泽被后世神州明。

2020-1-12于厦门

《大气气溶胶和雾霾新论》著书封面

1　庄国顺，留美博士，先后在美国波士顿麻省州立大学和中国复旦大学等多所高校任教授。

2　庄国顺在国内最早主张 $PM_{2.5}$ 为空气质量指数，率先阐释雾霾概念。积廿年之研究，近著《大气气溶胶和雾霾新论》已由上海科学技术出版社出版，2020-1 在复旦大学举行新书发布会。

腊梅遐想

——为武心莹教授摄影题照

迎雪傲霜花中奇，枝横没叶玉琉璃。
万物虚幻无背景，春寒绽放靠自己。
众芳斗妍争朝夕，蜡梅然瘦似孤寂。
国香未许人共知，数点金樽怜香惜。

丙申正月三十于厦门凤凰山庄

附诗友唱和

万福龄：蜡梅

——试和闵强兄《蜡梅遐想》

凌霜傲雪葩苑奇，晶莹花朵碧玉儿。大千世界多变幻，梅雪争春靠自己。
腊梅傲骨群芳妒，百花争妍何太急。清幽绝俗誉天下，数点金樽独怜惜。

2016-3-12于天津

殷岐峻：谢闵强寄梅

津门寒尽春未回，南国应是雨霏霏。清茶一盏窗前坐，凌空飞来数枝梅。

2016-3-14于天津

徐远光：蜡梅颂——答闵强

雪满千山隐翠微，岁首凌寒数枝梅。石径台边风凛然，松筠亭外竞芳菲。
皎雅玉魂生淑气，晶莹冰骨弄晴晖。丹心铸化成诗句，墨香一池报春归。

2016-3-16于南昌

朱天相：一剪梅

——题武心莹蜡梅照并闵强《蜡梅遐想》

一剪黄梅跃眼中，背景苍茫，独自凌空。
春寒料峭绿含苞，冷艳安然，富贵苍穹。
少壮当年敢称雄，踏入京畿，敬业心红。
翻天覆地死重生，宝剑轩辕，老也从容。

2016-3-17于北京

徐益人：答谢闵强寄梅，七绝·题梅

——赞武心莹教授摄照

枝横没叶几琉璃，雪拥疏香艳夺奇。
何以骚人畸嗅嗜？酿焙久煎酒茶诗。

2023-7-31于大连

武心莹：腊梅唱和

朵朵蜡梅正月开，清香纯黄游人爱。
历尽多少苦与寒，笑领春风百花来。

丙申正月三十于北京

蜡梅（武心莹 摄）

夕至鸟雀讯

——答同济友人

朝发奔榕城，夕至鸟雀讯。启程归鹭岛，幸逢久别君。
皆为古稀翁，何计添皱纹。千帆已过尽，老辣姜香灵。
桃花笑春风，自信同济人。无求品自高，八闽自在行。

2019-6-25晨于厦门

附文：（1）丁伟：步韵和闵强“夕至鸟雀讯”

四友榕城肺腑谈，畅叙胸臆斗酒胆。
来年再聚鼓浪屿。为倾忆念何惧难。

2014-7-8于福州，即兴回复

（2）徐远光：七绝“无题”

几分童趣七旬翁，盛夏有缘乐在榕。
宁静淡泊一寸丹，随性自在谈笑中。

2014-7-8于福州，短信即复

左起：李澍、徐远光、丁伟、闵强夫妇

第五辑　五湖访友

西安行

——赠西北数学名教授褚维盘兄

之一：初识

晋游南望忆长安，又登钟楼来俯瞰。
车水马龙降夜幕，知己迎候有维盘。
数学翘楚成口碑，虚怀若谷非一般。
休说满城黄金甲，霜降秋雨彻骨寒。

之二：怀古

西周都城丰镐址，飞鸿雪泥探金銮。
盛唐思贤慕其德，矢志不渝果满园。
幽咽水下清泉涌，玄奘留迹博物院。
石鼓鬼守传说中，周秦兴亡难说圆。

之三：知己

八百里看高原红，久居无悔留秦川。
隔空切磋久相知，谈笑不离话西汉。
弃伞瞬间按快门，千古雁塔同框含。
惟有君知客来意，高山流水诗话缘。

2016-10-24（第4次来西安）于咸阳机场

附：卜算子“情更俏”

—— 答闵强《西安行》

刚从壶口归，喜迎贵客到。古城秋雨寒似冰，相逢情更俏。
初识古稀春，神交心早到。待到耄耋之年时，乐期颐更笑。

褚维盘2016-11-16于西安

左起：褚维盘、闵强（2016-10摄于西安鼓楼前）

注：褚维盘，西安科技大学数学教授。退休后，由陕西省教育厅评定为陕西省高校名师，被西安科技大学聘为督导专家组组长。

方知晓

——西安会同济同窗潘棣官、蒋玉民伉俪

晋游行吟别平遥，南下长安意未消。
鼓楼雁塔皇陵在，揽胜会友岂能少。
同济淑女长安妇，厚德贤良雍容嫞。
梅兰菊竹赠漆屏，诗赋华章才八斗。

高堂百岁鉴孝悌，福寿双全方知晓。
富绅耻嫌木棉俗，怎及高朋月满楼。
巡看秦川八百里，银杏初黄寒风啸。
相见须臾作别时，天涯邀约再扶摇。

2016-10-24于西安咸阳机场

左起：闵强夫妇、蒋玉民（2016-10 于西安饭店）

闻墨香

——赠萧云儒兄

丙申霜降，晋游至西安求访，方知萧兄已沿丝绸之路开赴伊朗。观其校志墨宝与前年合影，欣然命笔，遥寄问候。

滕王阁下闻墨香，长安未遇走伊朗。
金钟大镛立西北，冰壶玉鉴悬鹭堂。
形神立论创意出，神州揭晓状元郎。[1]
遥知兄台登高处，劳师万里寿者王。

2016-10-24于西安咸阳机场

左起：萧云儒、闵强，2014-11-7 合影于南昌五中

1 萧云儒，著名文艺评论家，西安交大教授。曾任中国文联委员、陕西文联副主席，出版著作53部，获国家级奖项8项。“形散神不散”最初是萧云儒在1961年5月12日《人民日报》“笔谈散文”专栏的一篇名为《形散神不散》的短文中提出来的。1980年代，曾成为一道语文高考题。

附文：

1）萧云儒读闵强“闻墨音”的复函及附文一篇

萧云儒为南昌五中撰文并书法校志

2）闵强小兄：

远在伊朗设拉子市，收到您的信息及诗作，倍感亲切，也勾起了一丝对家园老友的想念。谢谢你的牵挂！我这次参加中宣部丝绸之路万里行车队已走到第五国，还有巴基斯坦、印度两国20天即可回国。旅途虽风险不断，劳顿有加，倒还顺利，饱了眼福、长了知识、开启了种种文化思考。除了为丝路卫视联盟每日做一期“丝路云履”节目，已写近20篇文章，归国后祈正诸位学友。来西安未尽地主之谊，来日定当补上。文安。

肖云儒 2016-11-4于设拉子旅次。

3）殷岐峻读闵强《闻墨香》赠萧云儒学长

华夏是精英（五律）

书法自成家，江湖有盛名。

南昌为才子，华夏是精英。

笔下龙蛇舞，胸中志气宏。

青山湖里水，洗砚记深情。

丙申立冬于天津

天津行

——拜访岐峻、春兰、福龄三君

津门存知己，梅兰菊竹奇。
野山闲云间，相知在古稀。
霏雨落旅途，祈晴遂顺意。
笑谈文章事，峰头望故里。

2016-5-7于厦门

附：殷岐峻《采桑子——致闵强文芹》

津门五月熏风起，昨也天晴，今也天晴，笑语欢声话友情。
厦门五月黄梅雨，老也望晴，小也望晴，远出归来日日晴。

2016-5-5深夜于天津

左起：文芹、闵强、殷岐峻、帅春兰、万福龄，2016-5-5 于天津

深圳会友

——赠徐中和、余永庆二兄

明朝北非欲将行，同窗知己闻讯临。
晚春薄酒斟一杯，笑容可掬在深圳。
少时共读岁月稠，青山湖畔同门庭。
大浪淘沙久弥新，鬓云欲度有缘分。

我憎苏轼诗繁陈，儒释道中情非真。
复作东坡清旷语，知己结交方真诚。
虎穴危邦历险境，古国埃及又起程。
莫道阿联喷油富，波斯枪炮无眼睛。

风声鹤唳不惊闻，天佑行者得安宁。
北非七国多领略，祈祷平安返厦门。
杏花飞去散余春，萍踪浪迹鸟雀讯。
归来入眼思友情，端午赋诗又逢君。

2016　6于北京

北非之行前夕，左起：余永庆、闵强、徐中和（2016-4 于深圳）

济世悬壶

——赠仰中兄

飞离鹭岛避暑先，雾里入黔别样天。
十载暌违返筑城，香榭丽舍映眼帘。
天时地利入桃源，茂林富氧成神仙。
济世悬壶四代传，德医双馨传绵延。

2018年盛夏于贵阳

注：潘星北，字辰生，系晚清御医马惠卿（江苏孟河）门下传人，全国第一批名老中医师带徒的贵州十大名医之一，长子潘仰中主任医师（教授）为第二代，贵州省心血管医学泰斗，第三、四代均以行医为职业。

左起：闵强、潘仰中，2018 年 7 月 28 日于贵阳花果园湿地公园

贵阳文昌阁

——答赠周卓如兄

文昌阁下无帝君，九角飞檐天下闻。
甲秀楼前多杰仕，遥拜先贤王阳明。
会友欣然谋一醉，凉都缘聚似浮云。
岁暮翰墨笃崇道，年少一梦非千钧。

2018-8于贵阳

注：文昌阁建于明朝万历年间，此道观建筑以九角飞檐为全国独有，存世近500年。当年据称“帝君”居于此阁。甲秀楼与阁相邻，谓之兄弟楼阁，才俊云集，王阳明及弟子曾来此讲习并留有墨迹。

左起：闵强、周卓如，于贵阳文昌阁、甲秀楼前（2018-8）

数学雏鹰

——赠伟民兄

豫章俊彦太仓翁，少时仰慕老识同。
有缘促膝鹭岛来，驰骋千里坐春风。
洪都夺魁状元郎，数学雏鹰击长空。[1]
燕园复旦出高足，黄浦江头烟雨重。

2010-6-27于上海浦东国际机场

附：回赠闵强君

称君活读圣贤书，遨游八方刃有余。
缘结政经教三界，学富理工文五车。
曾在校园同求学，今于江海共此居。
相期明日心身健，为霞满天在桑榆。

罗伟民 2010-6-30

左起：闵强夫妇、罗伟民夫妇
（2016-3-20摄于罗伟民寓所）

1 1962年春，由数学家华罗庚发起，在全国各省会城市统一举行高中生数学竞赛，罗伟民曾获南昌市第一名，并于当年考入北大数学系，对南昌五中后学鼓励至巨。

会友自嘲

——答邬渝华兄

登门

淀湖泛碧漪，杨柳正摇曳。
欣闻诚邀声，驱车抵府邸。
初伏暑难耐，契阔进宴席。
健硕比鲁达，儒雅显功力。

相会

世尘掩苍颜，旧友相拥泣。
豪言醉方休，惟兄胜酒力。
观音拜为诚，妻贤子孝悌。
千帆已过尽，寿者为王题。

私语

南北楼共读，西南二楼谊。
体操队有我，足球队有你。
敢为出头鸟，串联超首批。
书劫荒唐言，酸辣笑追忆。

自嘲

苦读进同济，偶发出言奇。
饱经霜雪后，岁暮鬓发稀。
浮云五十春，总有徒伤悲。
颠沛人生路，但求平安意。

道别

夕阳映年岁，古稀望耄耋。
君钓松江雪，承欢孙绕膝。
暮年逢旧友，把酒捋胡须。
余生诚可贵，何需争朝夕。

辛丑盛夏初伏于淀山湖观园

左为邬渝华夫妇，2021-7-8 于松江邬寓门前

惜　别

——游漳州静湖公园诗赠罗华昌夫妇

盘古火山喷涌来，静谧安宁镜湖开。
忆君闻声奔初创，俯首甘作一台阶。
久合必分弘毅在，雁过留声志满怀。
情深义重金不换，挥泪惜别祈康泰。

2015-2-7诗草于厦门

左起：闵强、文芹、罗华昌夫妇，2015-2-5 于静湖公园

余年似水

——为三对京城友人伉俪聚厦门题照

塞外曾经共患难，今日同游武夷山。
登临送别闻鼓浪，跨海金门成隘关。
慕名世遗上土楼，竹排当舟绕碧湾。
披肝沥胆诉衷肠，莫让余年流潺潺。

金鞍宝马携芳客，怎及知己共悠闲。
记取平城岁寒雪，不忘生灵旦夕间。
契阔谈燕心念旧，志趣相投春意暖。
四十春秋风逝去，满天晚霞宴畅谈。

戊戌谷雨前于厦门

左起：闵强、陆剑南、康昭湘、邱晓、赵长风，于厦门颐豪酒店大厅合影（2018-4-17）

世居芳邻

——赠熊氏芳邻

千里寻友万寿宫，殿前顽童难探翁。
九曲回转觅踪来，少年时光感怀中。
俊贤水秀何处去，有疑必答似春风。
倦鸟归林情义在，世居芳邻最看重。

2021-9-11于厦门

1966 年以前老万寿宫民俗场景（李跃华原创画作）

十年缘聚

——答赠罗保林兄暨南昌五中北京联谊十周年纪念

君走北美秋已凉，十年缘聚著华章。
卷帙浩繁图文在，桃李缤纷兴味长。
良木君子黄花梨，青山湖畔俊彦郎。
关山已越斜阳里，滕王阁下是故乡。

癸卯秋分于厦门

左起：王立、罗保林、李子荣、闵强、刘大椿（摄于 2018 年秋）
闵强书赠条幅“良木君子黄花梨”

严　寒

——为智炜等五名高中才俊分班前夕于河北衡水雪中题照

数九严寒何所惧，青春励志寄心语。
泰华捧雪五君乐，共读同窗结厚谊。
分班俱进笑挥手，策马扬鞭蹄自疾。
待到金秋迎新日，升学殿堂皆心仪。

癸卯十一月初四大雪时节撰于厦门

五位才俊于河北衡水雪中（摄于 2023 年冬）

读《西学东渐》

——酬答刘大椿先生

刘大椿教授应邀来厦门参加开题评议，得隙相聚甚欢。初读《西学东渐》，又闻《师夷长技》续编付梓在即。

才读西学东渐书，有缘鹭岛遇鸿儒。
纵论纷纭定力在，翰林开题启帷幕。
明清八股盛行时，欧美科技转型路。
西学从兹东渐日，道他君王悔也输。
天地江河历秋冬，几番拼搏露华浓。
师夷长技诚宏论，东方已晓跃巨龙。

己亥春分于鼓浪屿寓所

《西学东渐》封面

左起：万重芙、闵强、刘大椿、潘剑（摄于 2019 年初冬）

浪淘沙

——读“雕刻大师赵长虹”一文有感

赵氏四兄弟，书香贤良第。劫波渡尽日，患难见真谛。
教授出清华，雕刻成大家。学高尊为师，是金浪淘沙。
悠悠情谊史，无为半入诗。倦鸟归旧林，此生念在兹。

2014-11-8

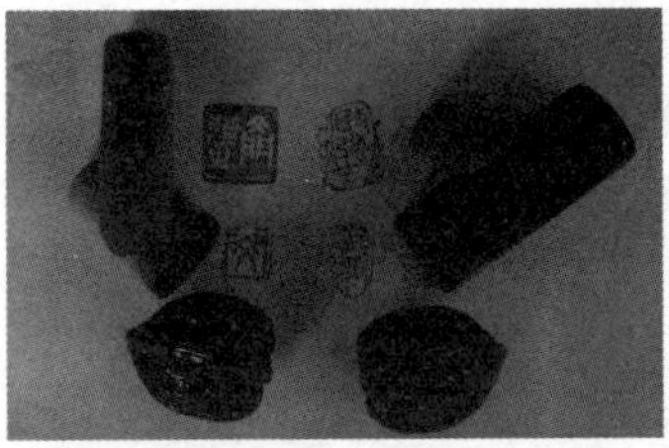

雕刻作品“家住鼓浪屿”等

篆刻作品：“健儿养年”

2015 年秋，赵长虹、赵长风、闵强三人偕妻于江西宾馆

五古偶得

——听黄晓丹纵论《随时间而来的真理》

巾帼论终极，
先贤怜香惜。
引经据典故，
天下诗采撷。

木槿花开落，
颜瞬在旦夕。
睡眼听惺忪，
陶令口亦蜜。

存在总有理。
万物时空寂。
黑格尔唯心，
费尔巴哈及。

罗刹国是非，
高雅费心力。
顺应天命乐，
王维数第一。[1]

2024—8—10于上海

1　王维既是唐朝文豪诗佛，又是科考状元。

第六辑　天伦乐享

又见颐和园

——丁酉初夏携眷重游颐和园观景

皇家园林万人游，乾隆始建慈禧修。寿诞骂名吞军饷，清漪颐和留神州。
佛香金树祈保佑，昆明湖水三百秋。松柏苍翠绿掩映，楼廊馆阁岁方遒。

人生苦旅结同俦，手足情深说来由。人有旦夕祸福至，长兄为尊堪优秀。
排云门前驻足影，翁妪五人乐忘忧。湖面风起作细浪，长廊信步亦悠悠。

石舫寓意行船意，水能载舟能覆舟。稳坐湖畔望前景，独钓寒江若戏球。
宫阙殿宇宝刹祠，湖山辉映逍遥游。不觉览尽湖山景，一车绝尘进午休。

2017-5-6于北京

左起：文华、文芹、闵强、来琴、文藩

早春题照

——偕文芹户外康复踏青纪行

颐和园逢早春，佛香阁见清明。
右若严冬枝头，左现深绿掩映。
头顶蓝天白云，脚下翠绿踏青。
昆明湖水伫立，万寿山依背景。
只因春儿呼唤，驱车相伴良辰。
惟盼苦尽甘来，桑榆未晚携程。

2017-3-2记于北京颐和园

颐和园佛香阁昆明湖畔

万柳园

——赏春感怀

辛酉立夏于北京万柳新新家园
（2017–4）

之一：景观

京城西北万柳园，
绿丝摇曳映眼帘。
天公作美细裁出，
四月惠风吹来缘。

之二：宜人

翁妪相视愁何在，
来之安然佩轩辕。
天寒最惧降雾霾，
回暖干爽胜南天。

之三：希冀

春来生机满目是，
雷落万丝乃发连。
常怀逸兴思绪飞，
岁暮何愁起炊烟。

辛酉立夏于北京万柳新新家园

游北海

——京城暮春一行五人北海泛舟感怀

翁妪五人似童孩，
荡起双桨游北海。
才去泛舟玉渊潭，
殿阁倒影无尘埃。

白塔巍峨耸天空，
元初始建皇威在。
喇嘛塔前诵心经，
是非曲直佛法裁。

儿时总想周游乐，
稚趣终成心扉开。
康复健步踏青日，
惠风得意四月栽。

地利人和拜菩萨，
吉人天佑避祸灾。
岁月刻痕苍颜面，
古稀耄耋期颐来。

泛舟中（拍摄于白塔，2017-5-19）

2017—5—20于北京

游大观园[1]

——由李白“将进酒”激发灵感而撰

君不见红楼一梦成巨著，惊醒浮世亦骇俗。
君不见道法自然期百岁，爱恨情仇和为贵。
苍穹飞石候门前，茂林修竹草木深。
春色满园浓欲滴，携来眷属穿花径。
协和疗疾亲情在，常忆章贡环宋城。
慈云塔，文武庙。
八境台，郁孤台。
庭院移行过，风霜刀剑故事多。
书香隐逸潇湘情，情到深处终难醒。
世事洞明却冷寞，人情练达假正经。
李白长醉不愿醒，不如霞客浪迹勤。
拥其屋者皆房客，劝君何为言少银。
豪宅屋，贵墅房。
呼儿换将出远行，桑榆未晚霞未尽。

丙申五月（小）初三端午于北京

左起：小华、来琴、文华、文芹、文藩、闵强，于大观园正门合影（2017-6）

1　北京大观园是一座再现《红楼梦》景观的文化名园，借李白《将进酒》之美意偶成诗文。

卜算子·寒凝

——寄赠椿泥十八岁生日

瑞雪透寒凝，霞蔚云璀璨。天地人和玉汝成，水滴石痕贯。
恩泽母三迁，负笈鹭屿岸。展翅雏鹰志九霄，含笑图南赞。

戊戌十一月十三大雪日，于厦门

徐培士先生书作，先生时年九十三高龄。书作尺寸：180 cm×58cm

不负少年

惊蛰春雷奏捷声，彼岸喜报传京城。
鹭岛负笈童子功，不负芳华不负春。
小荷冒尖出蕾角，彩凤高扬精气神。
颐和园里争斗妍，学海腾波事竟成。

已亥二月十六早春

2018 初夏，人大附中放学回家。泥泥（左）和笔者，于北京万柳新新家园院落

示　儿

重阳生辰同庆堂，梅花冷香未声张。
叠翠流金在韶华，子牛俯首堪担当。
莫言苦旅梦一场，天道酬勤燃希望。
裙衩蓄志帆初起，送潮正酣去破浪。

丙申重阳节于上海虹桥花苑

注：春秋时，齐景公叼着绳子当牛，让儿子牵着走。齐景公因此摔跤而被跌断牙齿亦无怨无悔。“孺子牛爱子”的故事后被传颂。

家　祭

清明与儿孙同道南昌祭祖

家祭人流势潮涌，茂林掩映浮世逢。
秩序井然皆肃穆，垂泪冥思两隔空。
祖孙三代并肩来，慎终追远求玄同。
逝者灯灭香火传，天理照嗣慰乃翁。

庚子三月十二清明卯时于南昌

家祭人流势潮涌（摄影：闵强 2021-4-3 于昌北）

知 足

——清明难以返昌成行，惆怅间偶得四言

思绪放飞，念想到位。清明有恙，偶感惆怅。
闲看花拓，坐待叶落。冷暖自知，抱朴守拙。
割肉奉君，方见清明。遥祭祖先，心诚则应。
儿孙成行，墓前拜诵。前辈栽树，后人乘凉。
眺望朝霞，转眼日下。浪迹平生，四海为家。
冬去春来，难以返昌。回眸嫣然，知足为尚。

乙未二月十七清明于厦门

抛物线

云淡风轻映蓝天，万绿丛中红一点。
谁家孩童挥杆去，惟见方程抛物线。
平日负笈上学去，功课重负压在肩。
识得九龄孙儿乐，并非学闲偷少年。

丁酉正月初六于北京

逞英豪

狂野鹰隼驯成朋，翱翔骤降仍从容。
少年安知凶险在，独擎鹰爪逞英雄。
鹏飞千里见著微，娇生惯养难启蒙。
弱肉强食见霸凌，寓教于乐兴致浓。

戊戌春节于厦门

2018 年夏于青海大草原

魁古驼道

——戊戌冬阿拉善塞外行

云冻欲雪定奇寒，北风席卷掩峰峦。
贺兰山下万顷沙，塞外戎疆征程暗。
花儿少年驱长车，魁古驼道腾格汗。
匈奴狼烟何处寻，白茫大地皆浩瀚。

戊戌大寒月于厦门

附文：余忠答闵强　魁古驼道

岭谷难逢战马奔，狼烟不见旧时痕。
雪原无觅阳关道，沙海久埋孤客魂。
姐弟寻踪关塞道，春秋湮没水云村。
敖包虽在世风易，料得腥膻玉牒存。

2019-3-2于江苏丹阳

内蒙古阿拉善位于贺兰山以西地区，二十六万平方公里，图为大雪放晴贺兰山（摄影：智炜）

冰天雪地

——为姐弟至内蒙阿拉善立严寒题照

冰天雪地骨彻寒，苍茫寥落云也暗。
贺兰山下敖包立，花儿少年充好汉。

戊戌腊月二十五于厦门

附文：余忠答闵强　冰天雪地

痴迷姐弟寸心同，梦里犹寻沙海雄。
穹顶敖包偏醒目，腥膻塞外醉吟瞳。

2019-3-2于江苏丹阳

阿拉善因大漠戈壁、千年胡杨、腾格里沙漠和巴丹吉林沙漠而闻名中外

南丰蜜橘

——为豆豆橘园题照

满园秋色唤幼童，握拳比肩立林中。
兄弟争高精气神，蜜橘岂能夺头功。
屈原橘颂见风骨，皇恩浩荡世袭贡。
苏轼风物越千年，又见文章出曾巩。
百年树人成材难，规矩方圆幼时萌。
最是果熟林绿时，天下蜜橘数南丰。

戊戌九月廿六霜降时节于江西南丰

三岁豆豆在橘园（2018-11-3）

采 撷

逢江西蜜橘季节，随厦门幼儿园组团采摘之际，睹今思昔，写给孙辈三人。

家有孙童，秉性相通。龄期采撷，自然启蒙。
长选草莓，少采杨梅。幼摘蜜橘，各有拨弄。
童趣天性，摸物即懂。格物致知，仁和玄同。

戊戌十月初三于橘都南丰夜晚散步偶得

航拍橘园

低吟浅唱闻墨香（顶针诗）

——答谢裴强健自多伦多发来草书“天下蜜橘数南丰”

低吟浅唱闻墨香，墨香和衷读华章。
华章龙飞舞彼岸，彼岸万里望故乡。
故乡落花随流水，流水研墨听吟唱。
吟唱韵和情意长，意长品味酒馥香。

戊戌十月廿二小雪时节于日本东京（清晨）

附文：何远鹍诗一首《笔下吟》

——初读闵强裴强健诗书感怀

大洋彼岸若比邻，橘园诗篇笔下吟。
莫道翰墨一纸薄，又见顶针诗和韵。
遥为二君酙满酒，青山湖畔曾共门。
高朋厚谊邀约时，直将豫章当竹林。

2018-11-29 于海口

围巾吟

——为孙辈求学远行

有妪不计苦，针线翩翩舞。
久坐密密缝，临阵闻擂鼓。
浪险洋面宽，祈福平安路。
抚巾如面晤，慈爱心永驻！

2018年春于厦门

文芹与针织作品之一（摄于2017年冬）

暑日自语

——今日头伏，骄阳直射。酷暑当值，口占一首。

站在鼓浪屿遥望厦门双子塔

梦醒时分朦胧，默诵无语自通。
迟暮看淡攀登，少年力胜愚翁。

倦鸟飞归旧林，闲云飘忽山洞。
酷暑考验生存，顺其自然少动。

轻歌浅吟片刻，隔三差五蛙泳。
绿塘荷叶睡莲，宿眠充足轻松。

听闻四海翻腾，传说五洲轰隆。
躲进书斋静读，谙熟微妙玄同。

甫闻南蒸北烤，重庆榜首皆懂。
悲悯天下生灵，祈祷降温为重。

壬寅六月十八盛夏初伏于厦门（清晨）

除夕随想

——丙申除夕飞抵海口，始作春节家庭团圆之旅

除夕爆竹声响，猴年新春吉祥。
孙辈喜放寒假，儿女偷闲相长。
随遇何需强求，晚霞悦当朝阳。
孝悌双亲礼在，绕膝天伦无疆。

才饮京厦靓汤，又食海南椰囊。
旅行计划变幻，团圆胜过春光。
自幼负笈南昌，佳节故土难忘。
弟妹手足安在，祖籍根盘丹阳。

山高仰为榜样，云飘慕其飞扬。
人人各有活法，感觉自由为上。
孝悌仁义守望，旧雨新知不荒。
纵有爱恨情仇，奈何寿者为王。

乙未年腊月廿九除夕随笔于海口

站在下榻的阳台上，瞭望乙未年末落日余晖与辽阔无际的海域（摄影：闵强）

2016-2-14 于海口

白洋淀行吟

——献给北京市狮子会志愿者

烟波浩渺碧云天，秋水融翠游船连。
金沙落照十里外，长堤烟柳漫无边。
公益慈善望月岛，正己助人更无前。
狮路戈途心气高，志同道合白洋淀。

戊戌九月初六寒露时节清晨即兴于白洋淀望月岛

感时抚事更知亲

——答谢兄妹亲属送行

风平浪静望浮云，有恙探访步履勤。
纷至沓来兄弟在，危难临头情义真。
厚德传家相扶助，章贡水清峰山明。
纵有病魔来肆虐，科学沧海定神针。

协和华佗排阵来，有惊无险事竟成。
酌饮北辰祈康复，春暖花开容貌新。
低眉信手撰诗文，涓涓细流漾好春。
皇城半载答谢意，感时抚事更知亲。

2017-6-21由京返厦，候机途中偶成

思丹阳

——追思诗人余忠先生

目送寒雁排云上，风雨凄然黯无光。
故人久望江海远，魂牵总难入梦乡。
黄埔赣南雄文在，泪沾衣襟读华章。
才溢德馨重情义，登高遥望思丹阳。

2024-1-21于上海

附注：余忠（1947—2022），江苏丹阳人，作家、诗人。创作格律诗词及楹联5000余首刊载于书报刊物，论著丰厚。中国诗词学会会员、中国楹联协会会员。

《余忠诗文集》封面，江苏丹阳市诗词楹联学会 编，2023年

挥手来

——为文芹春游题照

劫后余生挥手来，
嫣然一笑炫康泰。
相濡以沫岁月稠，
何惧悬索脚下踩。

2023-3-2于厦门

附文：徐远光 七绝

——答闵强七古

青山绿水云深处，步下湍流一笑颜。
劫后新生佛护佑，相濡以沫享天年。

2023-4-18于南昌

八龄童

——为豆豆小孙庆生

古稀翁对八龄童，朝霞桑榆相映红。
长风破浪未来事，且看今朝庆生隆。
雏鹰飞鸿需时日，雁翔南北亦轻松。
蟾宫折桂人无怠，童叟共乐胜飞龙。

2023－6－15于厦门

附文：程应璋 答闵强兄《八龄童》

童叟趣无穷，公孙同框中。
捋须忆岁月，当年也青葱。
人生皆过客，晚辈更兴隆。
乘孙生日时，祈祝成凤龙。

2023－6－16

飞越大西洋（口占一首）

——为椿泥送行

飞越大西洋，圆梦求学忙。
千转百回路，心灵启朝阳。
穹下三万里，广袤任翱翔。
何惧远行难，青春写华章。

京城泣别时，相拥是亲娘。
华府着陆地，迎有读书郎。
霍普金斯楼，读研成殿堂。
艰苦求学路，未来祈辉煌。

2023-8-21清晨7点于南昌

祖孙中南行（口占童趣诗之一）

癸巳立秋，祖孙结伴三人去成都、都江堰、黄龙、九寨沟、武汉、长沙、张家界、凤凰古城旅游。诗文不乏孙儿在途中的口诵记录。

之一

贻林幼儿小乐比，家住厦门仙岳里。
小小年纪没上学，恰逢旅游好时机。
爷爷奶奶带着他，先飞成都排第一。
天府之国古战场，重镇名胜多古迹。

之二

汉昭烈庙宽窄巷，巴蜀文化数锦里。
珠峰环峙青城山，杜甫草堂武侯祠。
水利工程二千年，保国护民灌良田。
沃野千里都江堰，李冰父子功无前。

之三

转身驱车雪山顶，雪海茫茫岂容停。
奶奶气喘忙吸氧，空气稀薄越山岭。
九寨沟美黄龙高，五颜六色湖水清。
途经汶川映秀镇，悲天悯人哀地震。

之四

人山人海武汉城，两江交汇三重镇。
汉口汉阳连武昌，辛亥革命首义胜。
横跨天堑大桥多，江畔巍峨黄鹤楼。
东湖海洋世界奇，海狮表演更精妙。

之五

高铁呼啸到长沙，满城盛开杜鹃花。
又闻叫卖臭豆腐，老王卖瓜多自夸。
上下欢腾美人鱼，王者归来金刚娃。
湘江两岸雾弥茫，橘子洲头留诗话。

之六

包车直奔张家界，裸车飞越天门洞。
崇山峻岭生敬畏，缆车穿梭悬崖中。
跌宕起伏正愁余，山头忽遇刮狂风。
但愿此生祈平安，不敢再登此巅峰。

之七

凤凰古城美名扬，两岸炊烟飘沱江，
楼台水榭多亭阁，人文历史更悠长。
四百公里回长沙，有惊无险叹沧桑。
人生苦旅安足虑，平安回家笑称王。

壬辰年深秋

2013-11，四川九寨沟，从黄龙下山途中

2013-11，湖南张家界天门山乘敞开式缆车下山途中

东方高尔夫（口占童趣诗之二）

——偕妻参加孙儿厦门结业典礼随感

高尔夫球伴朝阳，孙辈结业翁妪忙。少年安知愁滋味，几杆进洞不思量。
依山傍水绿茵地，厦门马銮望四方。面向波光浩瀚蓝，刺桐樱花芒果黄。

两岸球员从未忘，中国统一好乘凉。商贾达人饮琼浆，健身聊兴浅草香。
醉翁之意何在酒，蓝天白云话玉堂。二十二年磨一剑，国际赛事在东方。

儿童缘何扮高雅，寓教于乐高大上。漫说球艺提升快，品行交谊堪培养。
古稀耄耋欲寿昌，力行远胜病在床。天赐良地跨海去，何不挥杆登赛场。

2017-6-24晚，厦门东方高尔夫俱乐部

2017 年 6 月 24 日，厦门东方高尔夫年度结业典礼合影（文芹摄）

第七辑　行吟记游

喷油富国吟[1]

——中东七国游记

阿联酋七国，财比欧美阔。埃及起步迟，温饱揾生活。
红海尼罗河，众生聚开罗。武警护佑坐，公路飞驰过。

神庙历史久，盈客遍全球。号称四千年，圆柱巨石秀。
金字塔巍伟，比肩长城美。只因盗贼多，腔空显荒废。

沙迦金球顶，阿曼海湾灵。伊斯兰博览，金镶玉壁行。
七国共同体，凌厉两兄弟。阿布携迪拜，百业全无敌。

阿布扎比都，酋长国首府。沙漠昨日贫。喷油今朝富。
神圣清真寺，希腊白玉脂。挥金四百亿，奢华首屈指。

八百原住民，天赐发财命。骆驼换豪车，部落变都城。
迪拜客如云，又闻劫机讯。君子游危邦，虎穴也敢巡。

中东战事频，世界难安宁。争夺波斯湾，强盗装正经。
能源起争端，油枯逆旅临。生者终是客，同悲万古尘。

2016-4-1于香港候机楼改定

1　阿拉伯联合酋长国，由阿布扎比、迪拜、沙迦、富查伊拉、乌姆盖万、阿治曼和哈伊马角7个酋长国组成。

附：陈水平诗一首“游中东”

——读闵强“喷油富国吟”

吉人天相游中东，智勇何惧炮声隆。人面狮身金字塔，迪拜奇构夜谭逢。
暴富全仗黑油喷，贫困叮当鲜血流。天堂地狱世界殊，中东大地当下有。

2016-4-2于北京

阿布扎比大清真寺

在古埃神庙及胡夫主金字塔驻足留影

邮轮游记

——登皇家加勒比邮轮纪行

艨艟巨船泊厦门，量子加勒比游轮。
吃喝玩乐有豪赌，登舱方知不夜城。
足球绿茵小七分，肩比十六高层群。
十七万吨十五节，设施领先全球闻。

歌剧劲舞异国情，冲浪伞落惊断魂。
帷幕开闭无倦意，视觉盛宴安排精。
穹隆之下邮轮小，会当船顶仰天笑。
悬臂擎柱北极星，凌空摩天已非遥。

美食佳肴中西味，日夜供应皆宴飨。
刚等海鲜收拾去，又是山珍佳节过。
四千乘客不夜城，客房二千管理真。
即从海峡向东海，一觉醒来到冲绳。

昔时洋面　孤岛，美军三分基地道。
地震频发无高楼，海岸绿洲环境好。
汪洋水天极目舒，巨轮骇浪如行步。
居安思危忆泰坦，杞人忧天是乐土。

浩瀚苍穹远世尘，思绪翱翔求安宁。
玩物丧志问孙儿，少时不登豪华轮。
四夜五昼即抵沪，醉生梦死回大陆。
古稀之年逢盛世，儿孙绕膝乐天伦。

2015-12-29晚10时于航行途中

皇家加勒比量子号邮轮

立游轮甲板尾部合影

自嘲二首（立此存照）

其一

我本理工郎，触景吟诗狂。白浪汪洋处，人在水中央。

手捧道德经，观海听涛忙。道貌坐岸然，伯阳祈吉祥。

其二

碧海浩苍茫，星眸窗透亮。清波翻细浪，鸟翼拂银潢。

定海有神针，闲迷翰墨场。欲问清凉事，诗醉在远方。

2019－11－28于地中海号邮轮

舱书房之艟壁圆景窗

重阳东京揽景题照

登高一览比罗山，独觅秋色出乡关。
摩多木落层林染，免疫疗法康复间。
银座繁华景仍旧，传说昔日第一弯。
高铁驰骋遍神州，炎黄子孙更豪迈。

2017-11-3于东京大金谷酒店

日本东京西郊，摩多枫叶正红。十年前，初见东京新桥巨弯颇为震撼，其引桥弯道覆盖面积约有五个足球场大，并置于海面百余米高，曾号称彩虹大桥亚洲第一湾。今日再观其旧貌，颇感垂垂老矣。与中国高铁腾飞相比，已难望其项背！

游北海公园静心斋

——与赵长风游北海御苑偶感

帝王书斋

绿荷含苞正蓄势，邀来知己踏芳枝。
北海岸畔静心斋，抱素书屋沁泉池。
山石嶙峋俯流水，苍松古柏琴弦试。
乾隆始建御苑在，太子宁静学成师。

风华同窗

凭栏环顾园有韵，苏州庭院闲中思。
知己品茗通身暖，淡泊平生任笑痴。
风华正茂曾同窗，得意难识愁味滋。
清华同济成驿站，方知年华江水驰。

长风破浪

踏遍青山当感知，一生难成几件事。
高山流水遇知己，羞将天才趋时势。
理工男儿多务实，术有专攻拜名师。
长风破浪五十年，最忆挂帆济海时。

2017-6-2于北京

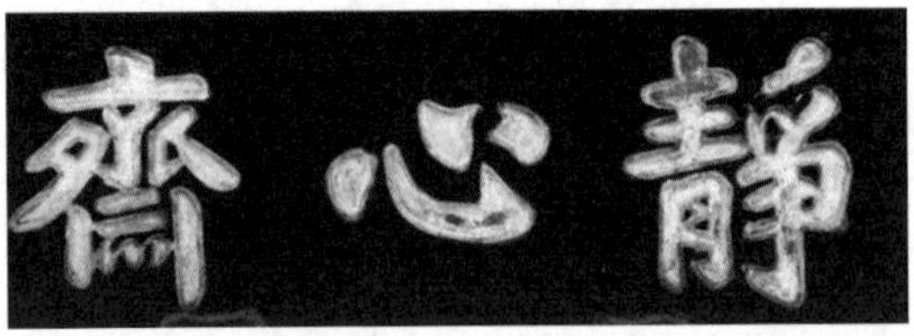

静心斋内蕴“淡泊明志，宁静致远”，透过窗格映入眼帘的是清幽的江南园林

可听不可见的滴水在流淌，宛若琴韵

静心斋有着 260 年历史，是乾隆读书养性地，景色幽雅

晋游行吟

丙申秋分，偕妻初次以自由行游历太原城、阎锡山故居、五台山、悬空寺、应县木塔、大同城墙、云冈石窟、山西晋祠、王家大院、乔家大院、恒山主峰、平遥古城、壶口瀑布等胜景。感触深处，行吟记事。

之一

金秋岁暮走西口，携妻晋游情未了。
七日驱车五千里，山西胜境方知晓。
飞抵首府自省堂，百年饭店皇殿候。
民国政要下榻处，伴我临窗独倚楼。

之二

初访定襄都督府，辛亥起义留千古。
龙盘故居阎锡山，抗日枭雄善文武。
五台佛教领袖峰，施主登台多怀祖。
恰逢五爷显灵日，香火鼎盛世界殊。

之三

北魏古寺陡峭中，宝殿何惧庙悬空。
上延霄客下绝尘，爬壁朝拜多妪翁。
峻极释迦见鬼斧，鲁班卯榫有神功。
飞檐斗拱高九层，木塔雄峙应县风。

之四

乔王二院侯门深，晋商票号商道精。
富可敌国败三代，不及碧玉似冰心。
壶口瀑布奔腾景，亲临溢口方震惊。
黄河之水天上来，翻江倒海民族情。

之五

史传大同是煤城，楼台瞭望亭阁深。
围城复古唐宋貌，琼阁今夕分外明。
千年石窟腹中空，山堂水殿气势宏。
彩绘巨佛骇世俗，奇迹存世云冈中。

之六

人神共存求大同，刀下留城敲警钟。[1]
商贾市井青砖在，古朴遗风古城隆。
曾游异国百十城，太行一试比天公。
劝君尽饮汾竹酒，如梦似幻忘归中。

2016-10-13—20日于晋行途中

（此诗文已刊同济大学《同济人》2017年第1期）

附文一：徐远光——读闵强《晋游行吟》有感

黄土高坡染河黄，唐尧虞舜致祯祥。皇城相府参差史，华夏文明演绎长。
晋水晋山景常美，养心养德音永飨。遥知塞雁边城月，千里淡净俏夕阳。

2016-10-23于南昌

1 阮仪三，同济大学建筑城规学院教授、博士生导师，人称“推土机下救出平遥”的古城保护神。现任建设部同济大学国家历史文化名城研究中心主任，中国历史文化名城保护专家委员会委员。

附文二：

林家良 —— 读闵强《晋游行吟》有感

读罢晋游行吟，恍若身临三晋。七日遍游山西，神仙眷侣有情。
木塔古城石窟，晋祠悬空回音。恒山壶口瀑布，激我爱国身心。
奈何无暇分身，事繁难得效行。游侠诗意纵横，且行且诵胜景。
但闻读书万卷，怎抵万里行吟。古有霞客豪情，读晋游行胜幸。

2016-10-29于南昌

悬空寺远眺与近景

壶口瀑布

沁园春·战台风

丙申中秋夜，台风莫兰蒂正面袭击厦门，来势凶猛为今年世界台风之最。抗险救灾渡难关也为厦门历史之最。

中秋台风，千里海潮，万里呼啸。眺鹭岛内外，骤雨狂飙。群树倒拔，电网全消。天地惨戚，广厦动摇，疑似玄黄末日祭。旭日升，看官兵神勇，险除灾消。

飓风至勿折腰，引天公俯瞰闽南骄。感天人合一，否极泰来。逢水搭桥，伐树开路。顶虽已掀，无月可邀，佳节思危警钟敲。人世间，爱拼方为潮，仰天大笑。

丙申八月廿四秋分时节于北京万柳家园

附文：徐远光　笑对海生潮

读闵强撰词“沁园春·莫兰蒂袭厦”，即成小诗一首致问候。

八月秋高风怒号，卷我屋上三重茅。星稀无意丹桂怨，月羞多情水云遥。
风步词韵墨亦浓，雨披华章笔更骄。广厦万间钢骨铸，岿然笑对海生潮。

2016-9-24于昆明

市中心滨北路，大树连根拔起

苍生铭记

——读中央电视台2020年元月18日新闻为钟南山院士奔赴武汉题照

沙斯一疫，肆虐才息。新冠病毒，神州告急。
国士赤诚，披挂再起。明知有虎，虎山遍迹。
耄耋悬壶，中华旌旗。率先警告，人传人疾。
果断建言，重镇关闭。消灾驱魔，黎民第一。
天降大任，壮心不已。青史明鉴，华佗难及。
苍生铭记，诗兴即起。南山仰止，肃然敬立。

庚子腊月廿九于厦门

凤凰山庄

——为侯明伟先生摄影题照

区位

凤凰木下栖凤凰，狐尾山前水篔筜。
左侧传来堂木声，右翼敲盘多钱庄。
坐北朝南聚灵气，茂林掩映龙虎藏。
富氧观景得康宁，延彼遐龄在山庄。

人文

姹紫嫣红迎蝴蝶，林间采风取景忙。
苍翠静谧伫立间，巨石镌名压邪障。
时人难识其中味，只缘安居熟视常。
昨夜小楼淅沥雨，晨读丹阳来华章。

2019-6-3清晨即兴

附文：余忠答闵强

秀萃山庄栖凤凰，葱茏绿叶竞芬芳。登临岂止觅闲趣？快活人生意气长。
绿蔓重茵飞粉蝶，陶然老幼嗅花香。轻车慢步逡巡去，醉入林阴纳夏凉。

2019-6-5于江苏丹阳

偶遇（摄影：侯明伟，己亥初夏）

闵强 2019 仲夏于凤凰山庄（摄影：侯明伟）

甲午冬游普照寺

漳州普照寺坐落在南太武山下，面向大海，与厦门岛相望，为全国罕见的中西合壁现代建筑风格寺庙。

冬晨欲晓漳州行，偕妻携孙舐犊情。
四次跨海一日返，导游引领不进城。
商家售楼耍贫嘴，豪墅庭院空无影。
杜甫茅屋侧安在，民工寒舍愁煞人。

山沿太武建梵宫，门对祖庭靠五峰。
海青袈裟长袖舞，善男信女山寺供。
闽南腊月盈春光，幽谷梅兰起清风。
数茎翠竹鹭岛客，北国冰雪寒意浓。

2015-1-31于厦门

癸巳腊月十二，漳州普照寺入口合影

神笔悟空

——读关于张大千的“十百千”一文有感

神笔悟空，杰作至丰。敦煌临摹，千古遗风。
泼墨创意，巨匠自通。瑕不掩瑜，后人皆懂。
桃源图价，绝顶登峰。殿堂观雅，全球亦轰。
寄情山水，画虎头功。池砚水宽，彩绘善终。
人生活法，多有殊同。桃花相拥，怡情色空。
百十千说，赞佩包容。画坛泰斗，谁贬自庸。

2020-5-6 即兴于厦门

观赏中西文化新编《霸王别姬》

北京第21届国际音乐节首场演出，以京剧唱腔贯穿，以西方歌剧形式展示中国京剧戏曲艺术。压轴部分，一匹乌骓马竟然跃上舞台，动画背景的滚滚乌江水，伴随音乐的交响，几乎翻腾至观众席位，叹为观止。

楚汉相争起苍黄，今颂项羽贬刘邦。
无论败寇成王在，霸王别姬耀殿堂。
京腔彩墨虞姬美，钢琴芭蕾谱华章。
中西文化齐荟萃，国粹百年得益彰。

所向披靡力拔山，骓马登台成时尚。
十面埋伏闻楚歌，英豪佳丽拒桴江。
泪洗无颜对父老，奇思创意出妙想。
自刎反观成英烈，情义赴死益悲壮。

戊戌九月初四寒露时节于北京

附文：万春安《乐汇中西》寄韵闵强伉俪观剧后诗作《霸王别姬》

从来英雄出草莽，骄横寡断难成王。千军万马震骇下，乌江引刀亦悲壮。
壮怀激烈登殿堂，爱情与死永为上。淡化威武重情义，乐汇中西见新章。

戊戌九月廿九霜降时节于海口

第二十一届北京国际音乐节首场演出，中西文化新编《霸王别姬》，2018-10摄于开幕式会场前。左起：闵强、文芹

姑苏负笈

——赠张諟诏兄兼贺孙辈竞选苏州市小学“最美童声”

姑苏负笈一少女，操琴吟诗洁如玉。
迎春花开竞芳菲，山水明净声空灵。
振臂一声闻号令，翁媪赞票下骤雨。
何计吴都第几名，尽享天伦闻笑语。

庚子暮春闰四月廿三于厦门

剑　舞

——观青茹剑舞有感

之一

当空行云流水，
青茹剑法有谁。
淘沙沉金安在，
洒脱飘逸似醉。

奏响京腔浓烈，
彰显神州国粹。
刚柔起伏有度，
巾帼怎让须眉。

之二

剑舞独创不易，
自成体系称奇。
修来虞姬千姿，
梅蘭菊竹堪比。

抗洪立功嘉奖，
读书适逢转机。
厚积方得薄发，
成功全靠自己。

2024-10-26于上海

附注：江西生产建设兵团第七分团知青50周年纪念（1967—2017）隆重举办盛大迎春联欢晚会，潘青茹精采演绎原创“青茹剑“法，掌声不绝，深获好评。

青茹剑

思桃源

——微视频《京剧古诗词“桃花庵歌”》观后

之一：唐寅

星空明月自在时，古稀尤恋伯虎词。
京胡缭绕思桃源，醉醒参半唐寅诗。

之二：孤芳

京韵京白闻京腔，桃花坞里无花香。
书画冠绝先折翅，安贫乐道赏孤芳。

之三：飘然

唐诗词作遮云天，经纶满腹尚超前。
岁寒日暮漂流去，权当春风飘欲仙。

2023-01-31于厦门凤凰山庄

附：唐寅（1470—1523）字伯虎，号桃花庵主，江南四大才子之首，明代著名诗人、书画家。

山谷观桃花

早春二月寒渐尽，野山桃花满枝开。
携眷自驾百里地，牧野欢谷接踵来。
难忘去冬严寒逼，艾米克龙飚疫灾。
万籁俱寂吊诡异，立春开眼呈康泰。

2022-2-26 早春于厦门

山谷观桃花（摄影：闵强 2022-2-26 于安溪野山谷）

偶感：拒严霜

——读罗奇峰的圣诞贺卡，恰逢笔者壬寅农历生辰日，不亦快哉！

红衣长者欲翻墙，花儿少年相拥忙。
平安夜赐吉祥物，一解愚翁庆生慌。
瘟疫肆虐听惊雷，消灾驱魔神气爽。
任凭百花凋零去，圣诞老人拒严霜。

2022-12-24平安夜于厦门

春 蚕

——撰文“难忘两师话甘霖”搁笔

师恩难忘情意浓，甘霖雨露久旱中。
百川归海泓沛聚，今朝立变观鱼龙。
跌宕起伏坎坷路，唯愿桃李别样红。
待到学子御风寒，方知春蚕是英雄。

2022-11-10于厦门

精气神

——为清华友人龚君之历事撰文“翩翩少年话沧桑”搁笔。

人似鸟雀讯，京穗又逢君。年少促膝话，志高精气神。
惜汝发小情，应试追浮云。风霜刀剑日，世事怎厘清。
同济听涛声，清华论时政。峣峣者易折，佼佼者难寻。
抑郁向谁语？投江友惊心。质本洁来去，才子孤芳名。

2016–10于北京

西行掠影三部曲

之一

久闻彼岸有紫台，同林鸟飞万里来。
迟暮追风马蹄疾，蜻蜓点水也开怀。
活色生香抵花都，埃菲铁塔耸天界。
塞纳河眺卢浮宫，凯旋门前凡尔赛。

之二

琉森湖畔劳力士，山顶终年雪皑皑。
莱茵河畔望古堡，科隆教堂结盟台。
教皇城国梵蒂冈，建筑巍峨震撼在。
万人肃立垂听意，恰逢主教做礼拜。

2008 年闵强夫妇于巴黎

2010 年闵强夫妇于华盛顿

之三

英伦三岛二周游，苏晤士河两岸秀。
鸿爪雪泥帝国痕，剑桥牛津来探究。
运筹帷幄城府深，疾焰过时到寒秋。
俯仰天地布德泽，东西两风说来由。

2024-1-18于上海

2019年闵强于英国剑桥大学校园

驰 骋

天高云淡香江边，南粤明珠起舞翩。
独行兜风马步疾，缘由赤子来扬鞭。
紫荆盛绽将军澳，六十里余花叶鲜。
世界漫游志趣在，欲和霞客来齐肩。

甲辰中秋于香港
将军澳居所

为文芹搭乘雷儿摩托在香港沿海岸线兜风题照

徐夕题照

——为椿泥独立苏州锦溪题照

之一

除夕独立锦溪，散尽庚子秽气。
吴越春秋古镇，万人空巷疏稀。
活着殊非易事，平安已成良机。
时值防疫当口，留神却无畏惧。

之二

但见裙衩凭栏，碧溪桥畔古迹。
云任卷舒无心，巾帼不让须眉。
风雨兼程彼岸，鹏程万里可为。
诗文鼓角相闻，催我急起直追。

2020-12-30于厦门

苏州锦溪镇一瞥

函谷敦煌行

己亥金秋，偕妻自厦门飞兰州，再驱车千余公里，经张掖、酒泉、嘉峪关、月牙泉、莫高窟、到敦煌及罗布泊之外围。

荒漠

白云缭绕望丹霞，风扫沙漠啄木鸦。
瘦马远去阳关在，西风呼啸无人家。

嘉峪谷

厚墙严围城楼雄，古嘶雁唳夕照红。
驰骋疆场震虎口，冯胜函谷立头功。

胡林杨

铺天盖地彰金黄，葱茏草木少年郎。
童话天地塞外绝，西北最娇胡林杨。

莫高窟

天下盛名甲敦煌，莫高窟刹千年望。
一泓碧水月牙泉，彩塑壁画彰辉煌。

敦煌

金戈铁骑咽喉关，孤军何惧河西滩。
班师回朝冯将军，反弹琵琶凯旋返。

2019-10-8—14于兰州到敦煌旅途中且行且吟

边陲张掖的夜市热闹非凡

“西出阳关”的故址
立于广袤的荒漠之中

反弹琵琶已成敦煌
标志

闵强拍摄于嘉峪关外

窟内彩塑壁画

莫高窟九层楼

笔者立于张掖胡杨林间
（2019-10-10）

京西古道二首

戊戌高秋，牧童先生驱车引导至京西古道寻访。千年以来，北京城以西山驼道之艰辛，远赴山西内蒙口外。参观马致远（1265—1324）故居，他是元代杰出戏曲作家，早年热衷功名，晚年退隐山林，著作丰厚。有杂剧15种、散曲120首存世。

之一

京西古道闲步移，始见深窝皆驼蹄。
惊世骇俗谁堪听，叹为观止驮煤奇。
商旅狭道多驿站，行侠仗义豪杰稀。
斑驳陆离关税垛，民脂民膏留痕记。

之二

西风瘦马闻古鸦，小桥流水文豪家。
故居幽静雕塑在，肃然起敬马贤达。
吕洞宾醉岳阳楼，破梦孤雁落平沙。
仕途坎坷终焉计，巨著有幸留华夏。

2018-12-1于北京

京西古道闲步移

始见深窝皆驼蹄

古道依旧（无迹昔日西风瘦马）

山河沧桑（久葆小桥流水人家）

定都阁

北京石景山新首钢大桥，位于京城长安街西延线末端。远眺高处，依稀可见定都阁顶，恰好嵌入夕照圆圈中部，妙趣横生，漫兴有作。

长安街端落夕阳，顶尖直插金圈黄。
京西目尽定都阁，何计元明清皆亡。
沧海桑田寻常事，江山仍旧起苍黄。
醉眼常感春色浅，淘尽英雄又辉煌。

甲辰早春于沪上虹桥

注：定都峰为京西观景第一峰。定都阁位于北京市潭柘寺镇定都峰上，登高远眺可纵览整个北京城。元大都建设之初，有先建定都阁，后建北京城一说。

摄影：永平（2024–3）

跋一

《闲居浅吟》读后

掩卷推敲意难平，
化风化雨总为晴。
老眼点灯品诗书，
青丝唤雪童趣铭。
京沪有酒聚同学，
赣水无言梦相萦。
五湖胜友长相忆，
且听鸿雁又征程。

郑志良[1]　甲辰早春于京城

1　作者系北京大学中文系博士后，现供职于中国人民大学。

跋二

幸龄诗话　橙橘芳馨

《菜根谭》有言：“日既暮而犹烟霞绚烂，岁将晚而更橙橘芳馨。故末路晚年，君子更宜精神百倍”。本书作者闵强先生正是这样一位“烟霞绚烂”“精神百倍”的人。其新著《薄壳猜想记》出版时，我言是先生“三立”（立德立功立言）人生追求中一枚“橙橘芳馨”的结晶。《闲居浅吟》的出版，无疑是这位“幸龄者”的另一枚“橙橘芳馨”。

所谓“幸龄者”，是国际著名医学家和社会学家所倡导的一个新概念，它是对70岁以上幸福、幸运、幸存、快乐老人的统称。“幸龄者”身心快乐，坚持运动，拒绝过度体检与频繁的指数彻查；乐观豁达，不喟叹“逝者如斯”“前路无多”，而是悠闲地活在当下，崇尚简单的生活就是享受，深信“充实谓之美”。本书的作者闵强先生，正是这样一位典型的“幸龄者”！

五年前的金秋十月，我偶遇机缘有幸陪先生和他夫人一起京郊漫游。我们一起来到了门头沟山里著名的京西古道，就是作家老舍在《骆驼祥子》里提到的那条驼铃商道，马匹成帮结队、翻山越岭于古道之间，驼铃阵阵回荡着历史的足音，尤其是山道基岩中深深的蹄窝更是见证了当年商队货煤运输的繁忙景象。在牛角岭关城前林密路陡的原始古道上，两位老人主动攀登，牵手前行；在马帮歇脚的凉亭和山溪边，他们醉赏红叶，眺望山景；在韭园村元代著名剧作家马致远的故居，他们流连久久，不时窃窃私语，沉浸在“古道西风瘦马，夕阳西下，断肠人在天涯”（《天净沙・秋思》）的意境中。先生夫妇都大我20岁有余，但他们在崎岖古道上牵手攀行的身影，尤其是他们对生活的热情、对远方的追求和对文史艺术的挚爱，让我感动不已。那一刻，我深深地理解了什么叫“幸龄者”！

那次漫游之后，我们诗文交流不断，对先生的敬佩更是与日俱增！

在互联网的“博客时代”，退休后的先生以“健儿养年”为笔名，连续多年撰写了三百多篇博文，其中有散文，有札记，有诗词，有拍图。从中我了解到先生在改革开放之初，以扎实的专业理论为基础，力排众议，以“薄壳”创新性设计，显著节约当时紧缺的16锰钢材料而成功建起赣南水泥厂4800吨的熟料圆库；还了解到先生担纲设计赣南古城八镜台重建工程的前后过程，创造性地做到了文物保护和文旅发展的兼顾；更了解到他在汶川特大地震后不久，冒着可能余震的风险，自费飞往震区中心考察，以扎实的专业知识为震后房屋加固和灾区重建献策，后被业内刊物转载，深得好评。

京西同游后第三年的十月，我在井冈山干部学院学习时，想到先生在赣南的激情岁月，夜不能寐，披衣推窗，一气草成了数千字的散文《桑榆未晚霞满天》，后经整理并有幸被收录在同济大学出版社出版的专著《薄壳猜想记》里，文章略长了点，但那是我心声的流淌，是我对一位“幸龄者”最衷心的致敬！

今天，我又很荣幸地为先生整理他的诗词作品，这些都是先生退休后尤其是近十年而作。先生在厦门定居已有三十余年，鹭岛观海听涛，给了作者诸多灵感，但更多的作品是先生在外出旅游考察途中有感而发、激情写就并即时通过手机分享给友人的，遣词可能未必到位，但“新鲜出炉”的味道很浓，质朴，亲切；有些重在叙事记游的作品，篇幅明显偏长了些，韵脚也不是太符合格律要求，但那是丰富场景的真实记录和所见所想的诗画展开，裁短了又未必合意。中文系出身的人不排除会说某某诗平仄不合律，押韵不到位，某某词立意欠佳，遣词不准确，共情点不足，云云，但如果你了解了这位理工科“幸龄者”的写作背景，你的想法大概率就会转变。故在整理他的这些作品时，我建议其保持原有风格，更真实，更亲切，更让人心动。

为了有助于读者更好地了解这些“接地气，有烟火，冒热气，带露珠”的作品，请允许我将《桑榆未晚霞满天》的部分内容转摘于此：

“首批国家一级注册结构工程师闵先生，20世纪60年代毕业于有‘建筑学界摇篮’之称的同济大学。大学毕业后，先生相继在苏州、江阴、赣州、南昌、珠海及厦门等地工作过，但真正以专业知识报国服务于建设的，主要是他在赣州、南昌和厦门从事‘建筑结构’设计与审图。先生在‘该爆发的年纪付出努力，拼得淋漓尽致’，他用具体行动诠释着青春无悔，不负韶华！”

这近十年的三百多篇作品，都是先生退休后有感而发写就的，有的是旅游抒怀，有的是人生感悟，有的是唱和赠友，有的是寄望儿孙。先生自谦“本是理工郎，触景吟诗狂”，事实上，这些图文并茂、以诗歌为主的作品里，充盈着他对生活的热爱，对工作的执着，对友情的珍重，对亲人的深情，有感而发，率性真诚。他既有发现美的眼睛，又有呈现美的文笔，更有传播美的情怀！昂扬的格调，亮丽的色彩，清新的画风，一位儒雅敦厚又不失激情的长者形象跃然纸上。

陪夫人游，陪家人游，陪亲友游，题夫人照，题孙儿照，题友人照，先生不厌其烦，乐在其中。从先生的博客里我们能看到，凡南昌五中的同窗或同济校友去过厦门，闵先生必当司机兼导游，游毕还多都有小诗“奉赠”。友人说先生是“一位暖暖生香的人”，赞先生“不奢华，不张扬，奉行真我，渡己渡人，总是默默记住与他有交集的每一个人的好，这些好，使他犹如候鸟一样飞来飞去，衔得春枝满”。是的，先生就是这样一粒“暖暖生香”的人！和这样“暖暖生香”的人在一起，你会不知不觉地被熏染。

常言道“秀才人情纸半张”，两年前的那个冬月，家人为先生贺寿时，远在千里之外的我曾以拙诗奉赠，同样是我触景生情时一气呵成激情草就的，在此也“原汁原味”地分享给各位：

鹭岛腊梅正怒放，游鲤奉贺丹阳郎。
遥忆洪都寒窗苦，滕王阁下情谊长。
最是同济读书乐，书劫追记余墨香。
学成归来五十载，赣闽大地书华章。

薄壳猜想促创新，利国利民奋图强。
重建赣南八境台，襟带宋城拥三江。
震后献策都江堰，强柱加固非凡响。
老骥伏枥志千里，大鹏展翅云飞扬。
年逾古稀刀未老，且行且歌博客忙。
德化避暑字珠玑，名家书之壁联璋。
诗思泉涌精神铄，人淡如菊气轩昂。
自信人生二百年，五湖邀月沐春光。

诗中的名词和典故都取自先生以“健儿养年”为笔名的博客作品，并与这本《闲居浅吟》集里部分诗词相对应。实话说，除十余首七律作品之外，很多作品的确或多或少地“平仄不严整，押韵不到位，立意不太高”，但我明确不建议再改。“乐府民歌”中处处飞舞着爱情的彩蝶，有多少是严格合律的？在我看来，这位理工科出身的高级工程师，其原汁原味的“幸龄诗话”，总体意象更难能可贵，其诗意的内涵不是单纯的音韵美所能替代的。

祝愿读到这部《闲居浅吟》集的人，尤其是“幸龄者”或正在走向“幸龄”的人，能和先生一样，在日常生活中细心捕捉诗情画意，并用朴实的语言和简短的诗句，记录每一个心动的瞬间，让青春永驻，让真情长存！

是为跋。

牧童

2023年8月29日于京北燕山